Joey Juschka: Gerne die Dame. Berliner Szenen

H+H

Joey Juschka

Gerne, die Dame

Berliner Szenen

Konkursbuch
Verlag Claudia Gehrke

Inhaltsverzeichnis

Von Klos und Geschlechtern

„Ganz genau weiß ich wieder, was ich bin: hat irgendwas mit Mann-Frau zu tun."

Butch-Radar	9
Gerne die Dame	11
Mann ohne Haare	13
Späte Erklärung	15
Urlaubsmitbringsel	17
Kein Biobuch	19
Leere Umkleidekabinen	21
Das Drama mit dem Ausweis	23
Immer schön abschließen	25
Klo sei Dank	27
Geheim und grün	29
Maklerweisheiten	31

Vom Schreiben und Lesen

„Die Welt macht Geräusche, okay, aber echt mal: Wenn sie nicht bald damit aufhört, wird das mit dem Bestseller bis Mitternacht auch heut wieder nichts."

Leere Seiten	34
Nichts los	36
Jede freie Minute	38
Die weibliche Ejakulation (k)lebt	40

Themenraum 42
Literatur interpretieren 44
Schuld an Neu Deutsch 46
Ich brauch keinen Zahn 48
Tod eines Fans 50
Bücherklappe gesucht 52
Gewöhnste dich dran 54
Bestseller bis Mitternacht 56

Von Vertraulichkeiten und Lesbensex

„Aber so ist das nun mal mit präpubertärem Dings, frühkindlichem Bums: Das verdrängt man ganz schnell.“

Das Dings 59
Knirpsgenitalien 61
Haare bürsten 63
Drücken und ziehen 65
Neues Level an Intimität 67
Butch-voll-schief-Krise 69
Moderne Kommunikation 71
Fünf Jahre Küchenschublade 73
Stille Post 75
Kotzfahrstrecke 77
Unmodisch-out 79
Sonne, Mond und Sterne 81

Von unterwegs und überhaupt

„Ich glaub, ich geh erst mal nach Hause, versteck mich da und komm erst wieder raus, wenn die Welt sich normal benimmt.“

Der Mann in Orange 84
Vom Trinkteufel verfolgt 86
Zebrastreifenshow 88
Blöder als ich denke 90
Leon ich nicht 92
Ziemlich schlimm 94
Leitflugkultur 96
Ich menstruiere 98
Fast schon Gesetz 100
Schmale Bänke 102
Ich will's nicht wissen 104
Lächelquote 106

Vom Jagen und Sammeln

„Ich muss jetzt mal was gestehen: Ich bin nicht immer voll cool.“

Getrübter Glanz 109
Laut grölende Frauen 111
Geschenk auf Zeit 113
Lauter sein üben 115
Reduziert paniert 117
Urschrei im Spaceship 119
Mitten beim Sex 121

Idiotenpennernazi 123
Bootcamp ganz faul 125
Meditatives Piepsen 127
PS: 83 129
Fremdsprache Besteck 131

Von Ämtern und Regeln, und dem ganzen Rest

„Als ich grad auch noch das 10.000-Euro-Auto ankreuze, obwohl ich keinen Führerschein hab, kommt mein Berater."

Angst vor der C-Zone 134
Schnelles Amt 136
Einfach zu alt 138
Das 10.000-Euro-Auto 140
Peinliche Quittungen 142
Tasterzwang 144
Arbeitsteilung 146
Falsch angestellt 148
Jahresendabrechnung 150
Krasses Bio für zehn Euro 152
Diskutieren geht anders 154
Zauberwort 156

Von Klos und Geschlechtern

„Ganz genau weiß ich wieder, was ich bin: hat irgendwas mit Mann-Frau zu tun."

Butch-Radar

Heute war ein echt, echt, echt guter Tag: Ich war in der Bibliothek; ich hab zwei Butches gesehen. Butch- und Bücherhimmel, und das auch noch gleichzeitig – ich bin zufrieden mit der Welt.

Und stolz bin ich obendrein, auf mich, und zwar ganz gewaltig. Denn mein Butch-Radar hat sich entwickelt – von „null existent“ zu „sofort geschnallt“.

Letztes Jahr, im Sommer, am Strand, sechs Monate her, war das ganz anders: Da hab ich die Butch neben mir gar nicht bemerkt.

Okay, ich war müde vom Schwimmen, hab eher vor mich hingestarrt statt wirklich zu gucken; ich schielte nur ein bisschen nach rechts, auf den blöden Kerl, wie er sein Paddelboot zu Wasser ließ: mit viel Trara, hin und her, fett Bizeps zeigen und so, für sein Weibchen, das ihn bewunderte.

„Ich will so 'ne blöde Hetenshow nicht“, hab ich gedacht, und als das Boot endlich im Wasser war mit den zwei drin, laut gesagt: „Endlich weg, dieser Blödmann!“

„Welcher Blödmann?“, fragte meine Freundin.

„Der da!“ Ich zeigte auf ihn.

Meine Freundin schaute, erst zum Blödmann, dann wieder zu mir. Und weil ihr Gesichtsausdruck sagte: „Selber Blödmann, guck mal genauer!“, guckte ich noch mal genauer.

Und da sah ich es dann: Das war kein nerviger Typ, der seine Freundin bevormundet, eine Show abzieht; das war eine Butch, die sich um ihre Femme bemüht (und eine Show abzieht).

„'ne Butch", sagte ich und grinste. Dann wurde ich rot. „Nicht erkannt! Krass!"
Voll peinlich war mir das, weil selbst Butch.
Aber genau darum bin ich heute in der Bibliothek, als ich die zwei Butches doch erkenne, und das von allein, ohne helfenden Selber-Blödmann-Blick meiner Freundin, einfach nur glücklich und stolz.
Mein Butch-Radar ist repariert!
Butch sei Dank, weil was wär die Welt ohne Butches drin?
Oder voller Butches, die keine_r sieht?
Voll blöd, denk ich mal.

Gerne die Dame

Im Laden um die Ecke gibt's leckere Oliven. Ich versuche, mich zu entscheiden, neben mir versuchen das noch ein paar andere. Die Verkäuferin versucht geduldig zu sein, aber schließlich fragt sie doch: „Wer ist als nächster dran?"
Ich bin als nächster dran, ich schaue auf und lächele.
„Ah, die Dame", sagt die Verkäuferin.
Ich bin mir nicht sicher, wen sie meint, ich sehe nicht aus wie eine Dame, aber mal so überhaupt nicht, die neben mir sehen viel mehr aus wie Damen. Die haben lange Haare und Make-up, eine trägt sogar einen Rock.
Aber die Verkäuferin schaut mich an und wartet darauf, dass ich was sage.
„100 Gramm davon", sage ich.
„Und noch was für die Dame?"
„Und 200 davon, das war's, danke", sage ich, und die Verkäuferin sagt: „Drei Euro zwanzig, die Dame."
Dreimal „Dame" in so kurzer Zeit ist dann doch ein Rekord. Ich muss wohl extrem undamenhaft aussehen heute. Vielleicht liegt's am Pullover, der ist neu und uneindeutig, weder Mann noch Frau, aber wohl doch ein bisschen mehr Dame als Herr, sonst hätte sie die ganze Zeit „mein Herr" zu mir gesagt. Das war gestern so, gleich nebenan beim Blumenhändler, da hatte ich ein Karohemd an.
„Acht Euro zehn", sagt die Verkäuferin jetzt zu der Frau im Rock.
Sie verkündet den Preis ganz ohne „Dame" im Satz, und auch sonst habe ich kein einziges „Dame" gehört, seit sie

es dreimal zu mir gesagt hat. So ist das eben mit „Dame“ – das kriegen heutzutage nur noch wir Uneindeutigen zu hören, in dem Versuch (so meine Theorie) uns eindeutig zu machen.
Dabei hätte die Frau im Rock so ein „Dame“ doch viel eher verdient und bestimmt auch gern mal wieder gehört. Ich habe eine Idee, und als sie zur Ladentür geht, schließe ich mich ihr an. Prompt kommt es von hinten: „Auf Wiedersehen, die Dame.“
Die Dame im Rock horcht auf. Die Dame. Sie lächelt.
Ich lächle auch, ganz geheim.
Gerne, die Dame, denke ich. Fühle dich gerne gemeint. Denn ich tu es nicht.

Mann ohne Haare

Ich steige in die Bahn und breite mich aus – Sakko, Buch, Tasche –, als ich merke, dass mich jemand dabei beobachtet.
Ich hebe den Kopf, schaue mich um.
Mir gegenüber sitzt eine kleine Familie: Vater, Mutter und Kind; und viel mehr Leute gibt's auch nicht in der Bahn, sie ist ziemlich leer. Vater und Mutter schauen aus dem Fenster, das Kind dagegen mich an.
Als unsere Blicke sich treffen, schaut die Kleine schnell weg, zupft Papa am Ärmel und flüstert ihm was zu, ganz leise. Nur können Kinder nicht leise flüstern, jedenfalls dieses hier nicht, oder jedenfalls dann nicht, wenn es es probiert.
Ich höre also genau, was es sagt, das Mädchen zum Papa: „Der Mann da hat ohne Haare!"
Das stimmt: Ich hab ohne Haare, und stimmt nicht: Ich bin kein Mann.
Nur sehe ich so aus heute, wie öfters mal, einfach so – Anzughose und Sakko und Hemd, und eben ohne Haare. Frauen haben nicht oft Anzug und Hemd und ohne Haare, außer in Berlin, und das wird Papa wohl auch gleich sagen:
„Das ist kein Mann!"
Aber Papa sagt das nicht, Papa sagt einfach nur „Shsh!" und lässt mich im Dunkeln.
Hat er mich nun als Mann gesehen oder nicht?
Das will ich schon wissen.

Doch Papa sagt nur noch: „Das sagt man nicht“, und schaut wieder weg.
Seine Tochter schaut nicht weg und bald flüstert sie wieder, diesmal zumindest mit Hand vor dem Mund.
„Papa“, sagt sie und es klingt ganz dringend, „Der hat ohne Haare!“
Und dann fügt sie hinzu: „Wie du!“
Ich muss grinsen; Papa hat auch ohne Haare, da hat sie recht. Papa grinst auch und greift ihr ins Gesicht.
„Und du hast gleich ohne Ohren!“, sagt er und zupft.
Die Tochter kichert, Papa zupft doller, und Mama und ich schauen den beiden zu.
Und drei Stationen später steigen wir aus, zufällig alle zusammen. Dann geht der Eine ohne Haare und Tochter und Frau nach links und der oder die Andere ohne Haare nach rechts, und mehr ist nicht passiert, an diesem Abend in Berlin.

Späte Erklärung

„Was macht'n ihr da wieder für 'n Quatsch in Berlin?", begrüßt mich meine Schwester, als ich zu ihr reinkomme. „Da gibt's jetzt Klos für die, die nicht wissen, ob sie Mann oder Frau sind?"
Frisch aus dem Zug gekippt und dann gleich so eine Frage. Kein Wunder, dass mir keine schlaue Antwort einfällt, jedenfalls nicht sofort. Und an ihren Stil muss ich mich auch erst wieder gewöhnen, dieses Ruppige, komplett mit Arme vor der Brust verschränken und anstarren und so. Kann ich auch, wenn ich will, habe ich mir aber abgewöhnt.
Meine Schwester hat sich das nicht abgewöhnt und deshalb starrt sie mich jetzt an und fragt.
Nur eine Antwort fällt mir nicht gleich ein; also liefere ich die jetzt einfach nach.
„Ja", sag ich. „Gibt's."
Und dann verschränke ich auch die Arme vor der Brust und starre zurück. Das geht ganz automatisch beim Schwesternbesuch, kann ich nichts gegen machen. Aber dann wiederum verbindet das ja, sein Gegenüber so zu kopieren. Ist wohl wissenschaftlich erwiesen, obwohl ich mir nicht sicher bin, dass da alle Gesten zählen, also auch Vogel zeigen und so.
Aber ich zeige keinen Vogel, ich sage: „Wär doch blöd, wenn sie dich aus Männerklo jagen, bloß weil du mal pinkeln musst."
„Ich geh ja wohl aber aufs Frauenklo."

„Nee, gehste nicht. Da starren sie dich an, als wärste vom Mars, und fragen, was du hier willst."
„Tun sie nicht."
„Ja, aber wenn?"
Sie überlegt.
„Geh ich eben gar nicht auf Klo", sagt sie dann und guckt triumphierend.
Ich guck auch triumphierend und sage: „Aha. Glaub ich dir nicht."
„Hmm", gibt sie zu. „Platzt mir die Blase."
„Eben", sag ich. „Und deswegen braucht's Klos ohne anstarren. Ist besser für die Blase, fürs Gesundheitssystem, für die Wirtschaft, für alles."
„Na ja", sagt meine Schwester. „Jetzt übertreibste."
Ich denke das nicht, aber ist ja egal, weil damals beim Besuch ist mir die Antwort hier eh nicht eingefallen. Da kann sie ja wohl auch übertrieben sein.

Urlaubsmitbringsel

Ganze zwei Wochen lang hab ich keine_n wie mich gesehen. „Keine_n“ ist ein bisschen gelogen, zwei hab ich doch gesehen, aber zwei ist nicht viel in zwei Wochen, überhaupt nicht. Und dabei war ich noch nicht mal in der Pampa; ich war in einer Großstadt. Großstadt, wie Berlin. Bisschen kleiner, ja, aber doch zweitgrößte deutschsprachige Stadt weltweit. Grad als ich da war, kam das dort in den Nachrichten. Großstadt also.

Und in dieser Großstadt gab's keine geschlechtsuneindeutigen Menschen, bzw. nur einen pro Woche. Dabei war ich da jeden Tag unterwegs, zu Fuß und mit der U-Bahn, in der Innenstadt, bei den Touristenattraktionen. Ich war da, wo viele Leute waren, und trotzdem habe ich keine_n gesehen.

Ich verlange ja gar nicht so viel – es muss kein angeklebter Bart sein, keine Drag Queen im vollen Ornat. Mir reicht ein bisschen Geschlechterverwirrung, so ein klitzekleines bisschen nur. Ich will nicht immer die Einzige sein, die auf dem Klo angestarrt wird und gefragt: „Sind Sie hier nicht falsch?“

Jetzt bin ich bei den Toiletten gelandet, dabei wollte ich nur berichten, wie es denn im Urlaub so war. Aber so war es eben: Immer auf dem Klo wurde ich angestarrt, und Androgynlichkeiten gab's nur ganze zwei.

Als ich die erste sah, am fünften Tag, war mir nach Jubeln zumute. Ich blieb stehen und starrte sie an. Dann merkte ich, was ich tat und lief weiter. Die zweite starrte ich etwas diskreter an, aber ich starrte. Eindeutig uneindeutig; ich jubelte nochmal.

Zurück in Berlin jubelte ich auch, zumindest am Anfang, bei der Ankunft am Bahnhof, in der S-Bahn nach Hause, beim Einkaufen am nächsten Tag. So viele Uneindeutigkeiten!

Dann schlief es ein, das Jubeln, aber damit bin ich nicht einverstanden. Ich denke, ich werde es beibehalten – Jubel beim Anblick von Frann und Mau. Mein Urlaubsmitbringsel.

Kein Biobuch

Hinter mir laufen zwei Kinder und unterhalten sich angeregt. Erst höre ich nicht hin, irgendwas mit wie die Häuser da anders gebaut sind, wo auch immer „da“ ist. Aber dann sagt das Mädchen plötzlich etwas, das mich doch interessiert.

„Da kriegen die Männer die Kinder!“, verkündet sie. „Ja! Stell dir mal vor.“

Ich stell mir vor, Transmänner mit Gebärmutter zum Beispiel, und find die Idee gar nicht schlecht. Das Mädchen jedoch ist anderer Meinung.

„Das ist voll unnatürlich!“, schimpft sie, ziemlich laut.

Ich zucke zusammen, so unnatürlich finde ich das nicht. Fast bleibe ich stehen und drehe mich um; meine Belehrer-Mentalität kommt durch. Aber der Junge ist schneller als ich.

„Ja und“, sagt er. „Das ist doch auch kein Biobuch.“

Erst freu ich mich – das heißt ja wohl, dass er Transen mag oder so –, aber dann bin ich doch konfus. Kennt er denn Transen? Und was ist kein Biobuch? Wovon reden die überhaupt? Wo kriegen die Männer die Kinder?

Ich will das jetzt wissen.

Ich dreh mich um, aber die beiden sind weg, einfach so. Ich schaue und schaue und dann sehe ich sie, auf dem Schleichweg zwischen zwei Häusern. Fast lauf ich ihnen hinterher, aber dann benehme ich mich doch und gehe brav weiter geradeaus.

Mein gutes Benehmen wird belohnt: An der nächsten Kreuzung stehen die zwei plötzlich vor mir an der Ampel; der

Schleichweg war wohl eine Abkürzung. Sie reden noch immer, und zwar über Transen.

Also doch, denke ich.

„Da gibt's auch Transen und Schwule", sagt der Junge gerade.

„Nicht so laut!", weist ihn das Mädchen zurecht.

Ich schaue das Mädchen an, der Junge auch.

Ich sage nichts, aber der Junge schon, und zwar nochmal: „Schwul!", ganz laut.

Dann rennt er los über die Kreuzung, das Mädchen rennt hinterher.

Sie rennen und dann sind sie weg, diesmal wirklich, und ich weiß immer noch nicht, wo die Männer die Kinder kriegen.

Leere Umkleidekabinen

Ich google was, statt konzentriert an meinem Buch zu schreiben.

Schuld daran ist das Yogastudio, in dem ich grad war. Genauer gesagt: das Herrenklo da, das dreckige. Am liebsten wäre ich zum Damenklo gewechselt, aber das tat ich dann doch nicht, weil ich zuvor in der Herrenumkleide war und von da direkt aufs Damenklo – nee, das gibt Ärger; zumindest blöd gucken.

Blöd gucken gibt's auch, wenn ich von vornherein in der Damenumkleide bin, zwar nicht von allen, nur von einer oder zwei jedes Mal und auch nur sekundenlang – aber das reicht vollkommen, dass ich mich fremd fühle.

Und fremd fühlen will ich mich nicht.

Ich will mich einfach nur umziehen.

Hmm, denke ich also, und tippe „geschlechtsneutrale Umkleide Berlin“ in die Suchmaschine.

Hmm, sagt auch Google und spuckt Ergebnisse über Schulsport in Schweden aus, dazu Berichte über Berliner Unisexklos, aber sonst nichts wirklich Brauchbares.

Hmm, mach ich noch mal, und plötzlich fällt mir „oben“ und „unten“ ein. So heißen die Umkleidekabinen bei meinem Qi Gong-Kurs: „oben“ und „unten“ statt „Damen“ und „Herren“.

Drei Jahre lang war ich immer nur oben, bevor mir mal auffiel, dass es doch nicht so geschlechtsneutral war: Oben waren immer nur Herren. Herren oben, Damen unten, warum auch immer, steht ja nirgendwo dran.

Aber seit kurzem gehe ich selbst dann doch runter, nicht um biologisch zu passen, sondern weil es einen neuen Kurs gibt nach meinem, einen Kurs voller Herren. Oben ist mir jetzt einfach zu voll. Unten leer.
Aber vielleicht löst das das Problem: „leer“ statt „geschlechtsneutral“.
Ich tippe „leere Umkleide Berlin“ ins Suchfeld ein, aber auch da kommt nichts Gescheites bei raus.
Und bevor ich noch ewig weitermache damit, schalte ich das Internet ab und tippe lieber weiter am Buch. Schließlich geht’s in dem um genau das: um oben und unten und Damen und Herren, und endlich mal fertig werden soll es, das Ding.
Wird auch besser als Google. Versprochen.

Das Drama mit dem Ausweis

Ich hasse Pakete abholen; ich weiß schon warum.
Manche stört ja die lange Schlange, das ewige Anstehen, das Schleppen, aber mich stört was anderes. Mich stört mein Name – mein Ausweis, genauer gesagt.
Und anscheinend stört er nicht nur mich, er stört auch die Frau am Schalter der Post.
„Sie sehen aber nicht aus wie Frau Juschka“, sagt sie und betont „Frau“.
„Nee?“, frage ich und zeige ihr, wie schön hoch ich piepsen kann mit meiner Stimme. „Bin ich aber“, piepse ich.
„Aha“, sagt die Frau von der Post und mustert mich.
„Ja“, piepse ich und nicke und lächele ganz weiblich, obwohl ich mir nicht sicher bin, dass das wirklich weiblich ist. Lächeln an sich, und dann speziell meins.
Ich lächele trotzdem, fasse mir mit der Hand auf die Wange, auf den Kajalstift, der da verschmiert einen Dreitagebart andeutet. Funktioniert meistens prima, Kajal als Bart. Zu prima heute, anscheinend. Die Frau von der Post starrt, dann schaut sie abrupt weg, runter auf das Paket.
„Aber hier“, sagt sie und deutet, „hier die Adresse stimmt nicht überein mit der auf Ihrem Ausweis!“
„Echt?“, frage ich und vergesse glatt zu piepsen. Ich beuge mich vor, gucke.
Auf dem Adressaufkleber steht, was stehen soll: meine Adresse, sogar leserlich.
„Wie jetzt? Stimmt doch.“
„Nein!“ Sie sticht mit dem Finger nach dem Paket. „Da

steht ein ‚D', ‚Aufgang D'! Auf Ihrem Ausweis steht das nicht."

„Ach so. Kann ich erklären." Ich nicke ihr zu. „Also: Ohne ‚D' in der Adresse finden die Postler mich nicht. Da sind die …" Ich breche ab. „… zu blöd zu" wollte ich sagen, aber gerade noch rechtzeitig merke ich dann doch, mit wem ich hier rede.

Ich setze neu an.

„Da kommt die Post besser an. Ist kompliziert mit den ganzen Aufgängen im Hof."

„Ach", sagt die Postfrau.

„Ja", sage ich, und wir schauen uns an, ziemlich lange, ohne ein Wort.

Schließlich seufzt sie und dann endlich darf ich es nehmen, mein Paket. Zum Abschied piepse ich auch noch mal für sie, ganz hoch.

„Tschüss!"

Immer schön abschließen

„Hab vergessen abzuschließen!“, deklariert die Frau in der Kabine und drückt von innen gegen die Tür.

„Ah“, sage ich und lasse die Klinke los.

Grün statt rot im Schildchenfeld – wie kann man nicht abschließen auf Klos? Und dann auch noch so unbesorgt klingen, regelrecht fröhlich, als wäre nichts dabei? Wirklich, das ist mir zu hoch.

Links wird eine andere Kabine frei, aber ich gehe da nicht rein. Ich warte jetzt auf die Frau mit der fröhlichen Stimme.

Wie sieht die aus? Was ist ihr Geheimnis?

Ich will das auch können, eines Tages: auf Klos sitzen, ohne dass es mich kümmert, ob wer reinplatzen könnte zu mir.

Ich denke mit Grausen an Amiland; schon auf dem Flughafen ist es da komisch: überall Kabinentüren mit massig Lücke drumrum. Unten und oben ginge ja noch, aber auch rechts und links gab es welche – zwei Zentimeter war Platz zwischen Rahmen und Tür; ich konnte die Damen beim Schminken vorm Spiegel bestaunen und sie mich mit Hose heruntergelassen. Dabei haben die es dort doch sonst eher nicht so mit FKK und Freizügigkeit.

„Kapier ich nicht“, sagte ich zu meiner Freundin. „Stört dich das nicht?“

Sie wusste nicht gleich, wovon ich rede; erst als ich einen Finger durch eine der Ritzen steckte, fiel es ihr auf bzw. wieder ein. Aber stören tat es sie nicht.

„Warum nicht?“, fragte ich mich und frage ich mich auch jetzt. Vielleicht kriege ich es ja endlich mal raus.
Ich schaue in den Gang mit den Kabinen. Drei Frauen muss ich abwarten, bevor die Fröhliche kommt. Eine Brille hat sie; liegt es daran?
Nee, denke ich, meine Freundin hat keine.
Aber die Haare, da gibt es schon Ähnlichkeiten: lang und braun. So wären auch meine, wenn ich sie wachsen ließe. Nur dauert das Jahre und vielleicht sind sie ja eh schon längst grau. Sehe ich ja nicht, so kurz wie ich sie immer rasiere.
Nee, denke ich, doch lieber nicht. Lieber kein Grau riskieren; lieber so bleiben, wie ich jetzt bin, besorgt aufm Klo. Und dafür immer schön abschließen.

Klo sei Dank

„Dich?“, fragt meine Bekannte. „Nie im Leben.“
„Doch“, sage ich und fühle mich auf einmal mies. „Ich schwör's!“
„Nee“, sagt sie noch mal und mustert mich, so von oben bis unten, wie gut das halt geht im Sitzen, denn wir sitzen, uns gegenüber, im Café. Kaffeeklatsch, Thema Identität.
„Hmm, Identität …“, hatte ich gesagt, „für mich sehr oft das Frau-Mann-Ding“, und dann auch erklärt, was ich damit meine – dass Menschen mich mal als das Eine sehen, und mal als das Andere und mich je nachdem blöd angucken auf dem Klo – und schon kam ihr: „Dich? Nie im Leben.“
„Doch“, sage ich jetzt noch mal und fühle mich verzweifelt. Anscheinend gucke ich auch so, denn sie versucht mich zu trösten: „Ich würde nie zwei Mal hinschauen müssen bei dir!“
„Oh“, sage ich und fühl mich noch schlechter.
Sie meint das ganz nett, schon klar, aber tröstend wäre jetzt was anderes gewesen, eher so was wie: „Klar, hast recht, jetzt, wo du's sagst – uneindeutig bist du.“
Aber das sagt sie nicht, und ich sage auch nicht mehr viel; dafür denke ich umso mehr, auch wenn es nur immer dasselbe ist: Mist! Ist es so weit?
Musste ja mal so kommen, eines Tages, dass ich plötzlich normal bin, so aussehe zumindest. Aber jetzt schon? Oh je. Ich seufze, merke kaum, dass sie sich verabschiedet, geht. Ich gehe nicht; ich sitze: zwei Stunden, drei – Mist! Ist

es so weit? – aber schließlich bewege ich mich doch; der Kaffee treibt, ich muss aufs Klo.
Na dann, denke ich, guckt mich wenigstens keine blöd an.
Aber dann guckt doch eine blöd, von mir auf das Schild an der Tür, die hinter mir zufällt.
Ich gucke erst sauer zurück, aber dann lächle ich plötzlich, jubeln möchte ich fast. Dankbar bin ich für den zweifelnden Blick, denn weil die Frau hier zweifelt, tu ich das nicht.
Ganz genau weiß ich wieder, wer ich bin: hat irgendwas mit Mann-Frau zu tun.
Klo sei Dank, Identitätskrise behoben!
Doch noch nicht so weit.

Geheim und grün

Ich stehe an der Kasse, schaufele Sachen vom Band in den Korb und fühle mich ganz gut. Aber dann plötzlich fühle ich mich angespannt, denn hinter mir steht ein älterer Mensch mit Kind, Opa und Enkelin, tippe ich mal, und die Enkelin fragt den Opa, wann sie denn dran ist und auch schaufeln darf, und der Opa sagt:
„Erst mal muss der Herr fertig werden."
Mit „Herr" meint er mich, aber deswegen bin ich nicht angespannt. Im Gegenteil, irgendwie passt das schon.
Aber dann schaut er mich an, gründlicher als noch grad eben anscheinend.
„Die Dame, mein ich", sagt er, halb zu mir, halb zu seiner Enkelin. Und dann schüttelt er den Kopf, auch so halb: halb vorwurfsvoll, halb entschuldigend. „Ist ja doch schwer zu sagen."
Die Enkelin findet das auch. Sie fragt – nicht mich, was am meisten Sinn machen würde, sondern den Opa, was gar keinen Sinn macht, find ich, weil woher soll der das denn wissen, so genau, wie sie es haben will –; sie fragt: „Ist das ein Mann oder eine Frau?"
Ich seufze. Jetzt bin ich angespannt.
Weil eine Antwort darauf habe ich nicht; seit und nach vielen Jahren nicht. Ist mir schon peinlich langsam, muss ich mal sagen. Und vielleicht deshalb macht es ja doch irgendwie Sinn, wenn der Opa antwortet statt ich.
Aber der Opa antwortet nicht. Der Opa überlegt.

Ich hole solange meine EC-Karte raus und stecke sie in den Schlitz des Lesegeräts.
„Opa, was ist das denn nun?“, fragt die Kleine noch mal, und immer noch weiß der Opa das nicht, weiß ich das nicht.
Aber die Kassiererin weiß es. „Geheim und grün“, sagt sie. „Geheim und grün!“
„Was?“
„Geheimzahl eingeben und dann die grüne Taste drücken.“
„Ach so“, sage ich. „Schade eigentlich.“
„Was?“ Jetzt guckt die Kassiererin perplex.
Ich winke ab, denn das zu erklären, ist noch komplizierter: „geheim und grün“ als Geschlecht statt „Mann“ oder „Frau“.
Aber irgendwie gefällt es mir, und ab jetzt antworte ich genau das, wenn mich nochmal wer fragt: Mann oder Frau oder was denn nun?
Geheim und grün.

Maklerweisheiten

Jetzt war ich doch mal Wohnungen gucken, so richtig mit Makler und Einzeltermin.
Der Makler schreit quer über die Straße, als er uns sieht, kommt mit wehendem Mantel auf uns zu gerannt. Meine Freundin und ich gucken uns an, ein schneller Blick, alles klar. Stimmt das doch, von wegen dass alle Makler auf Koks und so.
Schon im Treppenhaus labert er los, dass uns die Spucke wegbleibt, und in der Wohnung legt er noch eins drauf.
Meine Freundin flüchtet auf den Balkon.
Ich bleibe drinnen und schaue mir die Wände an, den Fußboden, den Schnitt der Wohnung.
Der Makler läuft mir auf Schritt und Tritt hinterher, erklärt, warum grau-fleckige Wände viel besser sind als langweilig-weiße, warum Fenster in Küchen vollkommen überflüssig, dagegen zwei Balken in einem Zehn-Quadratmeter-Zimmer äußerst wünschenswert sind.
Ich überlege, doch raus zu gehen auf den Balkon, als der Makler plötzlich durch die Scheibe auf meine Freundin deutet.
„Die Frauen", sagt er, „gehen immer auf den Balkon."
„Aha", mache ich und schaue ihn an.
Ich bin auch eine Frau, so rein technisch, aber das hat er in seiner Hektik wohl nicht gemerkt. Ist auch besser so, denke ich.
Der Makler nickt mir bedeutungsvoll zu.
„Ja", sagt er und dann noch mal: „Die Frauen. Immer auf den Balkon! Wissen Sie, warum?"

Ich zucke mit den Schultern. Weiß ich nicht. Obwohl, ich denke, Balkon hat was mit Sonne zu tun und frischer Luft und was damit, komischen Leuten zu entkommen, aber der Makler sieht das garantiert anders.
Tut er auch.
„Na", klärt er mich auf. „Um zu gucken, ob er groß genug ist." Er klatscht in die Hände. „Zum Wäscheaufhängen. Für den Wäscheständer!"
Er schaut mich an, triumphierend, erwartungsvoll.
„Aha", mach ich wieder und dann laufe ich an ihm vorbei, trete hinaus auf den Balkon zu meiner Freundin.
Da stehen wir eine Weile, ganz ohne Wäscheständer.
„Die ist nichts für uns", sage ich schließlich, „die Wohnung. Lass uns gehen."

Vom Schreiben und Lesen

„Die Welt macht Geräusche, okay, aber echt mal: Wenn sie nicht bald damit aufhört, wird das mit dem Bestseller bis Mitternacht auch heut wieder nichts."

Leere Seiten

Ich lese viel, aber erst heute fällt mir was auf: Die Bücher, die ich so lese, beginnen nicht auf Seite eins.
„11“ steht bei dem, das ich grad anfange, ganz vorne beim ersten Kapitel.
Ich staune. Wo sind die anderen zehn Seiten? Hat die wer rausgerupft? Könnte ja sein, denn die Bücher, die ich lese, sind aus der Bibliothek. Und weil sie das sind, kann alles Mögliche mit denen sein: Unter- und Anstreichungen, Fettflecken, Eselsohren – oder eben fehlende Seiten.
Ich schaue, blättere, doch das Buch ist so gut wie neu. Niemand hat was rausgerupft; trotzdem „11“ statt „1“ ganz vorn. Ich blättere noch mehr, zähle Papier – stimmt schon, davor gibt's zehn andere Seiten, aber viel steht da nicht drauf: mal der Titel, mal ein Zitat, mal der Verlag.
Ich lege das Buch weg, blättere andere durch.
Seite Neun, Seite Sieben und dann der Rekord: das erste Wort auf Seite Fünfzehn. Fünfzehn! Vierzehn Seiten, die zählen, obwohl sie leer sind, oder fast.
Ich überlege, was das heißt, aber lange dauert das nicht. Ist klar: Es heißt, ich kriege mein heutiges Pensum doch noch hin, mein Schreibpensum des Buches, das ich grad verfasse.
Ich nehme das Rekordbuch noch mal zur Hand, zur Inspiration. Umschlag, leere Seite, Name Verlag, leere Seite, Name Autor und Titel, leere Seite – genau so mache ich es auch. Dann Widmung und drei leere Seiten auf einmal, warum nicht, erhöht die Spannung immens. Ich zähle.

Zehn Seiten, geschrieben in Nullkommanichts! Klasse! Damit habe ich das Rückwärtsschreiben von gestern glatt wieder rein. Gestern Abend hatte ich acht Seiten weniger als gestern früh; meine Freundin hat ganz schön gemeckert. „Wo sind die hin?“, wollte sie wissen. „Schreib gefälligst nach vorne!“

Ich ruf sie gleich an. „Rate mal, wie viele Seiten ich hab!“

„Mehr als gestern, richtig?“, sagt sie. „So, wie du klingst.“

„Richtig“, sage ich. „Hatte voll ’nen Inspirationsschub. Zehn Seiten, zack wumms! Ist das nicht toll?“

Nichts los

Mir ist langweilig. Ich sitze vor meinem Laptop, tippe so rum und nichts passiert. Die Sonne scheint, das ist schön, ein leichter Wind weht, das ist auch toll, das Teewasser kocht gleich, zumindest da tut sich was. Ich starre auf die Gasflamme, dann wieder zurück auf den Bildschirm.
Meine Roman-Figuren sind ebenso gelangweilt wie ich. Eine sagt was zu der Anderen, die Andere was zu einer Dritten, die wieder was zu der Ersten, immer im Kreis herum reden die, und über was überhaupt? Langweilig!
Ich brauche ein bisschen Drama im Leben, und hoffentlich färbt das dann ab.
Ich hab es: U-Bahn! Da ist immer was los. Ich fahre eine Runde Bahn. Ich überlege kurz, ob ich das Gas anlassen soll, vielleicht passiert was Interessantes mit dem Kessel, wenn das Wasser alle ist, aber eigentlich weiß ich schon, was dann passiert, das hab ich schon mal gemacht, aus Versehen. Da war der Kessel am Ende ganz heiß und unten und innen die Emaille ab, aber mehr Aufregung gab's nicht.
Ich drehe das Gas also aus und mache mich auf den Weg. Schreckliche Fahrgäste, nervige Musik, Baustellen, Umleitungen, irgendwas wird schon sein.
Kaum stehe ich auf dem Bahnsteig, da gongt es auch schon. Eine Durchsage, das fängt gut an.
„Liebe Fahrgäste", sagt es da, ich horche auf. „Im Moment liegen keine Störungen vor."
Ich höre wohl nicht richtig.

Aber die freundliche Stimme wiederholt es gleich noch mal: „Im Moment liegen keine Störungen vor. Der Zugverkehr ist regelmäßig." Ende der Durchsage.
Keiner rührt sich, außer mir. Ich drehe den Kopf in alle Richtungen, verstört, ich suche die versteckte Kamera. Da ist keine.
Als kurz darauf die Bahn einfährt, pünktlich und ziemlich leer, sogar Sitzplätze gäbe es also, steige ich nicht ein. Ich gehe zurück nach Hause, vielleicht versuche ich mich doch noch mal am Teekessel, wer weiß.

Jede freie Minute

Muss los, denke ich und klappe den Laptop zu, mitten im Satz. „Du spinnst", hat da grad wer gesagt, aber warum da wer spinnt und was als Nächstes passiert, das bringe ich später zu Papier.

Oder erst morgen, mal sehen. Ich will es mir abgewöhnen, in jeder freien Minute zu schreiben, denn das hat schlimme Folgen. Dann stehe ich da auf der Straße und weiß nicht mehr, warum eigentlich; nur dass ich los muss, kriegt mein Hirn grad so noch hin. „Du spinnst" lenkt mich ab, oder was auch immer ich gerade schreibe.

So auch jetzt.

Wohin?, überlege ich, greife aber schon mal nach Jacke und Tasche. Wird schon stimmen, dass ich jetzt los muss. Ich schaue schnell auf die Uhr und dann den Kalender. Alles klar: Heut ist Qi-Gong-Tag!

Vor zwei Tagen war das schlimmer: Da saß ich schon in der S-Bahn, als mir einfiel, dass U-Bahn ja wohl echt praktischer wäre für da, wo ich hinwollte. Und die Adresse von da, wo ich hinwollte, hatte ich mir auch nicht gemerkt, nur wie es aussah, mein Ziel: rote Tür, Altbau, linke Seite kurz vor einer T-Kreuzung, irgendwo im Bergmannkiez. Dass ich es gefunden hab, fand ich schon toll.

Heut finde ich mich noch viel toller; richtig stolz bin ich auf mich, und als meine Freundin anruft, gerade als ich das Rad aufschließe, töne ich los: „Bin unterwegs! Qi Gong und davor zu dir."

„Prima", sagt sie. „Meine Yogahose hast du auch mit dabei?"

„Klar“, sage ich und schließe das Rad wieder ab, gehe zurück ins Haus, suche die Hose, stecke sie ein.
Sonst noch was?
Kann schon sein, aber mehr als immer noch das „Du spinnst“ und was als Nächstes passiert in meinem Roman tut sich nicht in meinem Hirn.
Erst als ich bei meiner Freundin ankomme, fällt es mir ein: Klar war da noch was. Ich packe aus, halte ihr die Hose hin, gebe sie aber nicht aus der Hand.
„Ehm“, sage ich und werde etwas rot, „kann ich die gleich noch mal borgen? Für Qi Gong; hab meine vergessen.“

Die weibliche Ejakulation (k)lebt

Ich war letztens auf einer Lesung. Obwohl, „letztens“ ist jetzt arg übertrieben, eigentlich war die Lesung schon vor ein paar Monaten, im November oder so. Und eigentlich war es auch keine Lesung, sondern eine Buchvorstellung. Aber was auf jeden Fall stimmt: Ich war da und fand es toll. Und weil ich es toll fand, kann ich ja auch gleich mal sagen, was für ein Buch das war: „Frauenkörper neu gesehen“, Untertitel: „Ein illustriertes Handbuch“.

Und weil es ein illustriertes Handbuch war, gab es am Ende ein paar Aufkleber, auf denen Sachen aus dem Buch illustriert waren, zum Beispiel die weibliche Ejakulation. Von der hört man ja sonst nichts weiter und liest auch kaum was und denkt dann womöglich, es gibt sie gar nicht oder so.

Tolle Sache, diese Aufkleber, dachte ich also und griff mir ein paar.

Auf dem Heimweg klebte ich die Hälfte von ihnen. Es waren nämlich solche Aufkleber zum wild in die Gegend kleben, zum Beispiel an Laternenpfähle. Ich jedenfalls hatte das so verstanden. Und ich fand, es sah auch sehr schick aus, diese im hohen Bogen abspritzenden Frauen, durch die Laternen ins richtige Licht gesetzt.

Nur war mein Heimweg eher kurz und ich klebte nicht alle spritzenden Frauen, die ich hatte, sondern nur die Hälfte davon. Die andere Hälfte steckte ich in meine Tasche – und seitdem wartet die da darauf, auch noch geklebt zu werden.

Heute hat es ihnen gereicht, den Aufklebern in meinem Rucksack, einem zumindest. Er hat sich ganz spontan um meinen Schlüssel gewickelt, den ich immer zu ihnen stecke. Und nicht nur gewickelt – so richtig rangepappt hat er sich.

Also stehe ich jetzt da, vor meiner Haustür, und fummele die Papier-Ejakulation Stück für Stück ab vom Metall.

Als der Schlüssel dann wieder ins Schloss passt, gehe ich aber doch nicht rein, sondern mache wieder kehrt. Ich habe kapiert: Die weibliche Ejakulation gehört ins Licht der Laternen statt ins Dunkel meiner Tasche.

Themenraum

Eigentlich find ich es ja gut, wenn Bibliotheken Themenräume haben, wo lauter Bücher zu einem einzigen Thema versammelt sind. Besonders gut find ich das, wenn das Thema „Liebe“ ist und queere Aspekte umschließt: trans, inter, lesbisch, schwul, dies noch und das noch.

Sehr, sehr gut finde ich das – so generell. Nur gerade jetzt find ich das doof, denn wenn man ein Buch aus dem Themenraum nimmt, muss das nach zwei Wochen zurück. Das reicht eigentlich, aber ich bin auf vier Wochen Ausleihzeit geeicht und fange erst an Tag Zehn an zu lesen.

Und an Tag Vierzehn habe ich immer noch hundert Seiten vor mir. Mist, denke ich, das schaffe ich nicht. Aber ich stecke das Buch doch schon mal ein für meinen Termin gleich in der Nähe der Bibliothek.

In der Bahn lese ich wie wild und gleich nach dem Termin dann auch, direkt in der Bibliothek. Eigentlich hatte ich ja was anderes vor, aber egal: Das Buch muss zurück.

Ich lese und lese, nur als die Bibliothek schließt, bin ich immer noch nicht fertig. Ich überlege, mich auf die Bank draußen zu setzen, es dann in die 24-Stunden-Rückgabe zu legen. Nur ist es arschkalt, und sowieso: Ich hatte heute doch noch was anderes vor!

Ich könnte morgen wieder hierher.

Nur habe ich da keine Zeit für eine Fahrt quer durch die Stadt. Aber als ich das denke, denke ich auch: Kann das Buch nicht ohne mich fahren?

Es kann!

In die Bücherei bei mir um die Ecke schaffe ich es morgen schon, und die können das Buch dann hierher transportieren. Kostet zwar was, aber ein Fahrschein kostet auch; sogar mehr. Ein schlechtes Gewissen habe ich dann aber doch, als ich der Bibliothek den Rücken zukehre mit einem überfälligen Buch in der Hand.

Zum Ausgleich nehme ich mir richtig fest vor: Ich fang jetzt immer an Tag Eins der Ausleihe an, ausgeliehene Bücher zu lesen. Ich schwör!

Literatur interpretieren

Tolles Buch. Fast bin ich traurig, dass es zu Ende ist. Ich will mehr, und weil ich das will, lese ich alles, was sonst noch drin steht, außer der Geschichte jetzt. Viel ist es nicht: Kurzbio, Klappentext. Beide Texte sind in den Buchdeckel innen geklebt; so ist das manchmal mit Büchern von der Bibliothek.

„Ergreifende Geschichte einer Sklavin“, lese ich da.

Ergreifend war es, da stimme ich zu, aber Sklavin? Gab's eine Sklavin im Buch? Ich hab einen Kopf wie ein Sieb, aber so große Löcher hat das Sieb nun doch hoffentlich nicht.

Ich überlege, strenge mich richtig an, aber mir fällt immer noch keine ein. Ist wohl metaphorisch gemeint.

Ah, denke ich und fühle mich leicht blöd und versetzt in die Zeit an der Uni, wo ich mich auch immer leicht blöd gefühlt hab, als wir Bücher analysieren mussten, ob da was Metaphorisches drin stand, und wenn, dann was und wie und warum.

Ich trommele mit den Fingern auf dem Buchdeckel rum. Genau: die Hauptperson! Sklavin ihrer Gefühle bestimmt, gab ja auch ziemlich viel Liebe im Buch.

Nur war die Hauptperson männlich und alle anderen auch, aber was soll's, ist bestimmt eine Anspielung auf …

Auf was? Ich lese den Klappentext weiter.

„Sezessionskrieg“, steht da, „Alabama“.

Ich hatte ja gedacht, das Buch wär eher neuzeitlich gewesen und hätte in Frankreich gespielt, aber okay. Früher hab ich auch immer alles falsch interpretiert.

Ich wende mich der Kurzbio zu und als ich das tu, wird alles klar, schlagartig sogar. Die Autorin heißt nicht so, wie es da steht – Kurzbio, Klappentext, beides falsch eingeklebt; die gehören zu einem ganz anderen Buch!
Ich bin erleichtert und doch nicht so blöd, wie ich grad dachte.
Aber dann ärgere ich mich: Wär mir das doch früher schon mal passiert, vertauschter Text! Das hätte ich mir glatt zunutze gemacht, Klappen falsch beklebt, und dann nicht allein dagestanden mit Fehlanalysen; und Metaphern gesehen ohne Ende hätte ich auch.

Schuld an Neu Deutsch

Jetzt weiß ich endlich, wer dran schuld ist, dass die deutsche Sprache immer komischer aussieht, wenn man so draufguckt auf sie, auf Papier. So zerstückelt, zerhackt, zerlegt in mehrere Wörter, die früher mal eins waren. Neu Deutsch. Zwei Wörter statt eins. Ich weiß, wer's war.
Rausgefunden hab ich das letzte Woche. Da sind zwei Sachen passiert: Ich war pleite und ich ging spazieren.
Also, erst war ich pleite und dann ging ich spazieren, und da war ich immer noch pleite. So schnell ging das dann doch nicht mit Geld verdienen, aber es ging. Ich scrollte durch die Liste offener Aufträge einer Texter-Plattform. Bezahlung garantiert, Abrechnung per Wort. Je mehr ich schreibe, um so mehr kriege ich. Toll.
Nach drei Stunden fand ich es nicht mehr toll, sondern einfach nur gemein: Gerade mal ein paar Euro hatte ich bisher verdient, ein paar lausige Euro mit einem langweiligen Text über Pakete. Das Thema war scheiße und der Stundenlohn auch. Ich klappte den Laptop zu.
Und ging spazieren.
Und wohl, weil ich mir gerade nichts kaufen konnte, fiel mir besonders auf, was es so alles zu kaufen gab da draußen: Curry Wurst und Handy Vertrag, im Bio Laden Soja-Bohnen, das alles im Sonder Angebot.
Ich lief und staunte. Ist eine Soja Bohne nicht eigentlich ein einziges Ding?, fragte ich mich. Ein Ding, ein Wort? Doch schon: ein Ding, ein Wort. Ein Wort, ein Ding.
Ein Wort: vier Cent! Egal, ob Ding!

Ich eilte zurück an den Laptop, die Texte, die Wörter dort drin. Ein Wort vier Cent!
Aus Paketshop wurde Paket Shop, aus Hotline Hot Line, aus Serviceschalter Service Schalter. Drei neue Wörter, 12 Cent! Mein Stundenlohn stieg rapide.
Oder sollte ich sagen: Stunden Lohn?
Plötzlich war ich nicht sicher, aber jedenfalls wusste ich jetzt, wer schuld war an Neu Deutsch: ich. Ich und die Texter der Texter Portale im Inter Net, die nach Wort Anzahl schreiben.

Ich brauch keinen Zahn

Ein Mal im Jahr steht Zahnärztin an und ich geh da hin, ganz vorbildlich. Meine Zahnärztin ist auch vorbildlich: Im Bad liegen Zahnbürsten bereit, falls man vergessen hat zu putzen, im Wartezimmer hört man den Bohrer nicht allzu doll und falls doch, gibt's einen riesigen Stapel Zeitschriften da, zum Ablenken, sich schnell in andere Welten vergraben. Über Jahre sind die gesammelt.
Als ich reinkomme, fällt mein Blick auf eine Schlagzeile, groß und knallig und thematisch voll passend: „Braucht Deutschland einen Zahn?"
Obwohl, so ganz neu ist die Schlagzeile nicht, monatelang liegt diese Frage hier jetzt schon rum, laut Datum auf dem Titel.
Egal, es ist spannend, denn ich glaube dran: Mikro- und Makrokosmos, wie im Kleinen so auch im Großen, und wenn Deutschland jetzt einen Zahn braucht, dann ich bestimmt auch.
Und leider sieht's erst mal so aus, denn unter der Schlagzeile ist ein Adler gezeichnet und dessen Schnabel steht offen, so offen, dass eindeutig ist: kein einziger Zahn.
Mist, denke ich. Ist es so weit? Zeit für die Dritten, Gebiss und so?
Aber dann beruhige ich mich, erst ein kleines bisschen nur, als mir einfällt, dass Vögel doch gar keine Zähne haben, und dann ein ganzes Stückchen mehr, als mir auffällt, dass da nicht steht, ob Deutschland einen Zahn braucht, sondern ob einen Zaun.

Ach so, denke ich, und fast bin ich enttäuscht: nix Mikro- und Makrokosmos heute.
Aber dann denke ich: Doch! Weil Zahn und Zaun – was ist da der Unterschied? Ein Buchstabe nur: U oder H. Und Za_n mit U brauch ich nicht, also wird meine Zahnärztin auch nicht gleich sagen, dass ich Za_n mit H brauche.
Und das tut sie auch nicht, und weil sie es nicht tut, tu ich dann was: Ich nehme „Braucht Deutschland einen Zaun?“ mit als Beweis, dass doch Mikro und Makro und Kosmos und so, überall, auch im Wartezimmer, kein H, kein U, kein Zahn, kein Zaun, und so sollte es von mir aus auch ewig noch sein.

Tod eines Fans

Ich versuche grad was Neues auf dem Papier. Obwohl: Papier ist jetzt übertrieben, auch wenn es weiß ist und rechteckig und schwarze Buchstaben drauf hat. Aber die Buchstaben sind digital, ebenso der Untergrund – ich schreib mit dem Laptop.
Ich schreibe gern mit dem, da kann man so schön schnell wieder wegmachen, wenn was eher blöd ist. Das jetzt aber, das Neue, find ich nicht blöd.
Mein Laptop findet das auch nicht. Richtig mitfiebern tut er beim Tippen, wird erst heiß und dann röhrt er auch, ziemlich laut.
Und dann auf einmal geht er aus, mitten im Satz.
Oh, denk ich und schau auf den schwarzen Bildschirm. Vielleicht doch nicht so ganz feurig schreiben?
Aber feurig ist es nun mal; so ist das mit neuen Ideen. Und weil es brennt in mir drin und der Text raus und getippt werden will, mache ich den Laptop gleich wieder an. Ich versuche es jedenfalls.
Nur auf dem Bildschirm erscheint nicht „Password eingeben“ wie sonst beim Hochfahren, sondern ein Bekenntnis: „Fan“.
So direkt hat mein Laptop noch nie gesagt, dass er mich mag. Ich lächle.
Aber dann lächle ich nicht mehr, denn jetzt steht hinter „Fan“ noch ein zweites Wort: „Error“.
„Fehler“, überleg ich. Wieso? War doch nicht so gut, was ich grad eingetippt hab?

Genau, meint mein Laptop; er bleibt dabei: „Fan: Error“, so oft ich auch den Anschaltknopf drücke.
Nichts geht mehr und mir wird klar, dass „Fan“ ja auch eher „Ventilator“ heißt und jetzt ist er tot irgendwie, kaputt, der Fan, der Laptop.
Kurz überlege ich, eine Krise zu haben, aber dann merke ich zum Glück, dass was anderes viel wichtiger ist, zumindest für den Moment: das Neue in mir, die Idee, die raus will aufs Papier. Und weil das digitale nicht funktioniert, nehme ich echtes zur Hand. Das ist nicht ganz so empfindlich, röhrt nicht, wird heiß und geht dann nicht mehr an.
Super ist das und das erste Wort, das ich schreibe, ist dann auch „Fan“.
Fan vom Papier.
Fan!

Bücherklappe gesucht

Ich stehe in der Bibliothek, etwas gehetzt, und suche Lesestoff. Irgendwas halb-Langweiliges soll es sein, damit ich nicht zu angeregt bin und das Buch nicht mehr aus der Hand legen kann. Gleichzeitig braucht es so viel Spannung, dass ich nicht total einschlafe beim Lesen; das wäre auch blöd.

Ich schaue auf die Bücher im Regal, lese Titel und Namen … Da! Den kenn ich! Prima, denke ich, nehm ich mit, und das, ohne die ersten Seiten zu lesen wie sonst.

Zu Hause merke ich, dass das ein Fehler war. Ein riesiger Fehler. Hab ich mir den Namen des Autors deswegen gemerkt, weil er so schlecht schreibt?

Zehn Seiten gebe ich ihm noch, aber je mehr ich lese, um so schlimmer wird es, so schlimm, dass ich glatt nur genau umgekehrt schreiben müsste, um mein eigenes Buch zum Bestseller zu machen.

Soll ich?, überlege ich kurz und klappe schon den Laptop auf, aber dann plötzlich kriege ich Angst. Was, wenn es abfärbt?

Ich stehe auf, lege das Buch so weit von mir weg, wie es nur geht. Weit ist das nicht, meine Wohnung ist klein, aber immerhin liegt es jetzt schon mal an der Tür. Wär mir zwar lieber, wenn es das auf der anderen Seite täte, aber draußen regnet es grade, so richtig, und meine Haftpflichtversicherung bezahlt das glaub nicht, ausgeliehene Bücher wegschwemmen lassen, bloß weil die mir nicht gefallen.

Aber weg muss es jetzt, ganz dringend sogar!
Ich schwinge mich aufs Rad, Regen und alles, nur als ich bei der Bücherei einbiege, hat die schon zu. Ungläubig starre ich auf die Tür. Gibt's hier keine Bücherklappe? Die ZLB, Zentral- und Landesbibliothek, die hat so eine; rund um die Uhr wird man da Zeugs wieder los.
Aber eine Stunde hin und zurück ist mir dann doch zu viel. Schreiben wollte ich heute, nicht radeln.
Aber bevor ich schreibe, ruf ich vielleicht mal die Haftpflichtversicherung an. Die haben auch rund um die Uhr ein offenes Ohr; vielleicht lassen sie ja mit sich reden.

Gewöhnste dich dran

Ich sitze in einer kleinen Lesung, in einem ehemaligen Laden mit riesigem Schaufenster zur Straße. Grad mal sieben Gäste sind da: sechs Frauen, ein Mann, aber der hat lange Haare. Ein bisschen langweilig ist es, muss ich sagen. Aber aufstehen und gehen ist leider nicht drin, denn bei so wenig Leuten im Raum fällt das dann doch irgendwie auf. Aber zur Straße hin drehen kann ich mich. Vielleicht ist ja draußen mehr los.

Draußen laufen Leute vorbei. Manche bleiben stehen, schauen kurz zu uns rein. Ist wohl auch draußen langweilig.

Und dann plötzlich steht einer da vor der Scheibe, der nicht nur kurz da bleibt und guckt, sondern recht lange. Er mustert uns, und als er merkt, dass wir fast nur Frauen sind hier drinnen, stört ihn das irgendwie. Er klopft an die Scheibe, so drängend und laut, dass alle sich umdrehen zu ihm. Und dann legt er sich zwei Finger an den Mund und streckt seine Zunge hindurch.

„Lesben!“, signalisiert er damit, leckt gleich noch mal, dann grinst er, winkt und geht weiter.

Ich verdrehe die Augen; wir alle verdrehen die Augen.

Alle Frauen, heißt das. Der Mann dagegen, der einzige unter uns, ist schockiert.

„Hat er da grade …?“, fragt er. „Also!“ Er findet kaum Worte.

Wir nicken gelangweilt, wir Frauen. Wir kennen das schon. „Hat er.“

„Aber“, sagt der Mann und schüttelt den Kopf.
Fast tut er mir leid. Ich fand es auch krass, das erste Mal, dass mich wer so angeleckt hat. Aber mittlerweile …
„Gewöhnste dich dran“, will ich sagen, aber dann fällt mir ein, dass er das nicht nur zum ersten Mal sieht in seinem Leben, sondern bestimmt auch zum letzten Mal. Männer werden nicht angeleckt normalerweise, selbst wenn sie lange Haare haben.
„Tja“, sage ich also statt „Gewöhnste dich dran“ und zucke mit den Achseln.
Wir alle zucken mit den Achseln. Und dann geht die Lesung weiter, einfach so, als wär nichts gewesen.
Ist aber immer noch langweilig, leider.

Bestseller bis Mitternacht

Ich versuche mich zu konzentrieren, nur wird das mit dem Konzentrieren grad nichts. Schuld ist, wie immer, die Welt.

Dabei habe ich beste Voraussetzungen: Ich hab nichts zu tun außer zu schreiben – der Kühlschrank ist voll, die Wohnung geputzt, alle Wäsche gewaschen, kein Geschirr mehr zu spülen, sogar gekocht hab ich schon. Viel bleibt da nicht übrig, was ich noch machen könnte, um mich abzulenken. Sagt man ja so: AutorInnen können das wunderbar, wenn sie allein sind vorm leeren Blatt Papier.

Aber jetzt bin ich so weit: Der rituelle Tee vorm Anfangen ist schon geschlürft und die Rundmail geschickt, die, in der steht, dass ich jetzt aber wirklich am Bestseller sitze, voll konzentriert.

Aber ich bin nicht voll konzentriert; ich bin null konzentriert.

Irgendwas stört. Ich kann es hören, dröhn-dröhn, bumm-dröhn, immer wieder, dröhn-bumm.

Ich lausche, versuche das Dröhnen zu orten. Es kommt von rechts, aber da ist kein Fenster, da ist nur eine Wand. Es kommt trotzdem von da.

Und jetzt, wo ich so lausche, höre ich auch noch etwas: ein Ächzen und Stöhnen und ab und an mal Applaus.

Gäbe es keinen Applaus, würde ich ja denken, da hat wer laut Sex, aber so … Ich muss wohl raus, gucken.

Kaum hab ich die Tür auf, kommt zum Ächzen viel Miauen, von links, ganz laut und ganz lange. Eine wahre Symphonie

ist das, besonders im Mix mit dem Stöhnen und Dröhnen von rechts.
Der Grund des Miauens ist klar und hat jetzt doch was mit Sex zu tun, aber wer da warum so dröhnt, das merke ich erst, als ich um die Ecke gehe und schaue. Fast enttäuschend ist es: der Basketballplatz, direkt an der Wand zu meiner Wohnung, und auf dem Platz ein paar Kerle.
Ächz, Stöhn, Applaus – und dann noch Miau, Miau, Miau.
Ich seufze, gehe wieder nach Hause, setze mich vor den Computer. Die Welt macht Geräusche, okay, aber echt mal: Wenn sie nicht bald aufhört damit, wird das mit dem Bestseller bis Mitternacht auch heute wieder nichts.

Von Vertraulichkeiten und Lesbensex

„Aber so ist das nun mal mit präpubertärem Dings, frühkindlichem Bums: Das verdrängt man ganz schnell."

Das Dings

„Ich hab das Dings weggeschmissen“, sage ich.
„Was für ein Dings?“, fragt meine Freundin.
„Das Dings“, sage ich noch mal, aber dann nichts mehr, nicht, weil ich nichts mehr sagen will, sondern weil ich es nicht weiß. Ich kann das Dings zwar beschreiben – Plastik, biegsam, kreisförmig, mit Zacken drin fast wie ein Kamm – und ich weiß auch, wo das Dings lag, zweieinhalb Jahre lang, Tag für Tag, ungenutzt – im Schrank, in der Kramkiste da – aber was es denn eigentlich ist, weiß ich beim besten Willen nicht.
Aber meine Freundin will genau das von mir wissen.
„Was für ein Dings?“, fragt sie noch mal.
„Das da so rumlag“, sage ich und fühle mich ganz stolz. Endlich mal aufgeräumt, aussortiert, Sachen in den Müll gehauen, Sachen, die seit ewig blöd rumliegen. „Dein Dings“, ergänze ich, weil das weiß ich dann doch: dass das Dings ihres war.
„Meins“, sagt meine Freundin.
Ich nicke. So macht man das halt, wenn man zusammen ist: Man denkt nicht nur an sich, sondern auch an die Liebste, und das auch beim Ausmisten.
„Wo ist es jetzt?“, fragt die Liebste. „Das Dings?“
„Müll“, sag ich.
Sie schaut mich an. „Hoffentlich noch hier oben.“
„Ja“, sag ich. „Wollt ihn gleich runterbringen.“
„Dein Glück“, sagt sie und kurz krieg ich Panik: Denkt sie schlechte Hausfrau und so, Müll noch in der Wohnung?

Nee, so was fangen wir hier gar nicht erst an.
Ich will mich schon ereifern, aber meine Freundin hat es sowieso ganz anders gemeint.
„Dein Glück“, sagt sie noch mal. „Denn du holst mein Dings da jetzt schön wieder raus.“
Also gehe ich zum Müll, fische das Dings wieder raus, mach es sauber, halte es ihr hin.
Sie schüttelt den Kopf. „Das ist tatsächlich meins“, sagt sie. „Wieso schmeißt du das weg?“
„Wusste nicht, wofür man das braucht.“
„Und darum …“ Sie bricht ab, schaut mich an, verblüfft und sauer zugleich.
„Wofür ist es denn nun?“, versuche ich sie abzulenken.
„Das“, sagt meine Freundin, „sag ich dir nicht. Als Strafe.“

Knirpsgenitalien

Einmal die Woche oder so denk ich über Genitalien nach. Das passiert meist dann, wenn ich in der Kita bin, in der ich einmal die Woche so bin. Denn in der Kita sind Kinder, bei denen ich mir einfach nicht merken kann, ob sie Jungs sind oder Mädchen – und das, obwohl ich sie alle schon mal beim Umziehen sah, auch mal beim Windeln. Und trotzdem: Ich kann's mir einfach nicht merken bei zwei oder drei von ihnen. Da helfen auch Namen nichts, denn das mit den Namen hier ist auch so eine Sache: Die sind gern mal geschlechtsneutral. Nicht alle, aber auch wenn sie es nicht sind: Mir doch egal, dass wer einen Mädchennamen hat; deswegen ist er_sie doch lange noch keins. Denk ich jedenfalls.

Junge?, denk ich stattdessen und starr den Knirps vor mir an. Mädchen? Und dann denk ich an das letzte Mal zurück, dass ich seinen_ihren nackten Po gesehen hab, vornübergebeugt auf dem Klo, und nach dem Kacken beim Säubern half. Denn so machen die Knirpse das hier: Sie kacken, stehen dann auf und beugen sich vor, voll yogamäßig irgendwie: Kopf ziemlich weit runter, Po ziemlich weit hoch, und dann rufen sie laut: „Bin fertig!", und dann kommt man und wischt.

Penis!, denk ich jetzt. Da hing ein Penis, das letzte Mal bei der Vorbeuge auf Klo! Also ein Junge!

Nee, sagt ein anderer Teil meines Hirns. So einfach ist das nicht. Denn dieser Junge – das ist eine Drag Queen in spe. Mindestens Tunte. Oder trans*!

Schon, sagt Hirnteil Nummer Eins. Aber … Penis!?
Ich seufze. So geht das ab hier in der Kita, einmal die Woche, voll krass, in meinem Hirn. Und dann beschließ ich: Ich nenn den Knirps hier jetzt einfach beim Namen, immer wieder beim Namen. Zum Glück hab ich mir den schon gemerkt; und Namen als Pronomen, überhaupt was anderes als er/sie als Pronomen – das kann man nicht früh genug beginnen, find ich.

Haare bürsten

Auf Facebook finde ich die erstaunlichsten Sachen raus und lerne auch was über mich selbst: Ich habe viel mehr Sex, als ich denke.
Viel, viel mehr sogar: Ich hab Sex, wenn ich meine Freundin angucke (am Besten mit einem Apfel im Mund); ich hab Sex, wenn wir beide den Arm nach vorne ausstrecken; ich hab Sex, wenn ich in Unterwäsche neben ihr stehe und besonders dann, wenn das in der Küche passiert und ich dabei Eier in eine Rührschüssel schlage.
Und Haare bürsten – auch da haben wir Sex, sagt jedenfalls Facebook bzw. der Artikel, der da geteilt wurde, über was für Fotos von Fotodiensten auftauchen, wenn man als Suchwort „Lesbensex“ eingibt.
Haare bürsten, aha, denke ich. So früh also schon.
Denn laut meiner Schwester kam ich als Kind immer zu spät. Entschuldigung: „Ich musste der Bea die Haare bürsten!“
Ging anscheinend zur Sache mit Bea. Und wie! Jeden Tag! Schade nur, dass ich zwar noch weiß, wer Bea war, aber keine Erinnerung ans Bürsten selber mehr habe. Aber so ist das nun mal mit präpubertärem Dings, frühkindlichem Bums: Das verdrängt man ganz schnell.
Trotzdem schade, denke ich und dann denke ich an meine Freundin, lange Haare, viel bürsten; jeden Tag macht sie das. Ob sie da …?
Ich ruf sie gleich an. „Sag mal“, fang ich an.
Sie unterbricht: „Geht um Haare, korrekt?“

Sie kennt den Tonfall, denn Haare-Fragen stelle ich oft, weil ich selbst keine Haare auf dem Kopf hab.
Was das impliziert, verdränge ich jetzt auch ganz schnell. Stattdessen erkläre ich: Facebook, Lesben, Sex, Haare, bürsten.
„Also: Wird dir da anders?"
Sie überlegt. „Weißte", sagt sie dann. „Mir würde wirklich ganz anders, wenn ich endlich mal eine Haarbürste hätte bei dir in der Wohnung."
Die Antwort ist jetzt nicht so eindeutig, aber egal. Ich laufe trotzdem los, Haarbürste kaufen.
Nur wohin ich da laufe, weiß ich nicht. Hätte ich vielleicht auch gleich mal fragen sollen, wo es so was überhaupt gibt.

Drücken und ziehen

Ich bin jetzt Mitglied in einem Fitnessstudio: hingegangen, Vertrag abgeschlossen, zack! Ganz schnell ging das und während ich so trainiere, überlege ich, warum.
Jahrelang schon dachte ich zwar immer, ich brauch mehr Fitness im Leben, nur getan hab ich nichts. Aber jetzt auf einmal … und das auch noch frühmorgens um sechs!
Während ich Gewichte stemme, an so einer Maschine, überlege ich, ob der Vertrag ein Fehler war. So sehr denke ich nach, dass ich nicht merke, dass mir wer zuschaut dabei.
Aber dann merke ich es doch und drehe den Kopf, schaue den älteren Herren an, der da plötzlich neben mir steht, Arme verschränkt.
„Ja, bitte?“, frage ich, nicht mit Worten, aber mit meinem Blick.
„Also …“, fängt Opa an, auch nicht mit Worten, sondern per tiefem Einatmen und hochgezogenen Augenbrauen.
So wie er guckt, hab ich ihm bestimmt das Gerät geklaut. Kennt man ja vom Strand, Liegewiese: Da haben Opas und Omas auch immer ihren angestammten Platz, und wehe, man setzt sich da hin.
Aber so ist es hier nicht. Es ist ganz anders.
„Was machst du da eigentlich?“, fragt Opa, immer noch nicht mit Worten, sondern per konfusem Gesicht. Freundlich konfus; ich atme auf.
„Na ja“, gestikulier ich. „Ich zieh halt die Stange nach rechts. Steht da auf dem Schild.“ Ich nicke hin.

„Ja“, nickt Opa zurück. Dann schüttelt er den Kopf, ganz gewaltig: „Aber nicht so.“
„Nee?“
„Nee. So!“ Er macht es vor: Hände andersrum halten und auch eher drücken als ziehen.
Ich probiere es gleich mal aus, offensichtlich korrekt, denn Opa lächelt, nickt, dreht sich um und geht weg.
Kein einziges Wort hat er gesagt, ich auch nicht, und vielleicht deshalb mag ich es hier so, dass zack und Vertrag. Weil beim Drücken und Ziehen will ich nicht reden; ich will nur schwitzen und schnaufen, besonders frühmorgens um sechs.

Neues Level an Intimität

Ich sitze in der Bahn und habe Hunger. Zwar knurrt mein Magen nicht und ich bin ziemlich gut drauf, aber Hunger habe ich trotzdem, das ist ja wohl klar. Sonst würde ich nicht alle Wahlplakate, die draußen am Fenster vorbeiziehen, falsch lesen.

„Damit ein stabiler Espresso allen hilft", so fängt es an, nur steht da nicht wirklich „Espresso", da steht was mit „Euro".

Hmm, mache ich und bin vage enttäuscht.

„Berlin paniert", lese ich als nächstes und kurz denke ich wieder, dass das wirklich da steht, und das, obwohl ich paniert gar nicht mag.

Ich schau auf das Plakat und nehme mir vor, in Zukunft früher aufzustehen, damit ich nicht los muss so ganz ohne Essen im Bauch. Und weil ich das denke, knurrt mein Magen dann doch.

Ich fasse hin und streichle ihn und das ist auch gut so, denn sonst hätte ich mein Handyklingeln verpasst. Ich höre mein Handy nie, wenn es klingelt; ich höre immer nur die Handys von anderen klingeln. Aber mein Handy vibriert auch beim Klingeln und weil meine Hand grad meine Jackentasche berührt wegen Magenberuhigen, höre ich es diesmal doch.

Ich gehe ran und grad als ich das tu, zieht draußen noch ein „Berlin paniert" vorbei und jetzt lese ich es richtig, „pariert".

Ach, denke ich und sage „Hallo" in den Hörer.

„Du“, sagt meine Freundin am anderen Ende der Leitung. „Irgendwas ist komisch mit meinen Augen.“
„Ja?“, frage ich und schaue aus dem Fenster, zu paniert-paniert und Euro-Espresso. „Ich glaub, mit meinen auch.“ Und schon kommt mir ein Gedanke, so abwegig, dass er wohl stimmen muss. Ich schlucke und dann sage ich es ihr.
„Ehm, ich glaub, ich hab aus Versehen …“
Ich stocke, aber dann rede ich weiter.
„… deine Kontaktlinsen drin. Und du jetzt meine, nehme ich an.“
„Oh“, sagt meine Freundin und „Oh“ sage auch ich.
Und dann sagen wir nichts mehr, denn das ist schon ein ganz neues Level an Intimität, mit dem wir erst mal klar kommen müssen.

Butch-Voll-Schief-Crisis

Meine Freundin kommt zurück nach Hause, zu sich. Ich bin seit Stunden schon da bei ihr, hämmere, bohre und schraube. Eine ganze Küche hab ich heute gebaut. So obenrum jedenfalls: Einen Hängeschrank an die Wand gemacht.

Gut sieht das aus und bis jetzt ist auch noch nichts schief. Da bin ich extra stolz drauf, denn bisher hab ich noch nie was hingekriegt mit Hämmern, Bohren und Schrauben, das dann nicht schief war am Ende. Manchmal nur so, dass ich der Einzige war, der das sah, manchmal aber auch ganz schön krass.

Aber jetzt hier, heute, der Schrank …

„Alles eins a!", rufe ich ihr zu.

„Echt?"

Sie weiß sofort, was ich meine. Schließlich ist das nicht der erste Schrank, den ich ihr an die Wand gehängt hab. Schränke, Regale, Leisten, Gardinenstangen – die ganze Wohnung hab ich gemacht, so nach und nach.

Schief gemacht, so nach und nach.

Aber heute … Ich zieh sie in die Küche, noch bevor sie den Mantel aus hat.

„Willste gucken?"

Sie guckt. „Wow! Gut sieht das aus."

„Ja! Und schau!" Ich halte eine Wasserwaage an den Schrank, horizontal, vertikal. „Nix ist da schief! Und fertig ist auch gleich. Fehlt nur noch der Griff."

Was soll ich sagen: kurz später, der Griff.

Schief.
„Ehm“, sagt meine Freundin; nix mehr mit „Wow“.
„Tut mir leid. Aber wenn du den Kopf um zehn Grad neigst, ist wieder gerade.“
Sie neigt den Kopf. „Hast recht.“ Sie lacht. „Ich glaub aber doch, du hast BSC.“
„BFC? Wie kommst’n jetzt da drauf?“
BFC, Butch Fashion Crisis, Butch-Mode-Krise, hab ich zwar öfters, stehe vor der Garderobe und weiß nicht, was anziehen; aber –
„‚S‘“, sagt sie. „Nicht ‚F‘. Butch S-in-der-Mitte Crisis.“
„S wie schief?“
Sie nickt. „‚VS‘ vielleicht sogar.“
„Voll schief?“
Sie nickt nochmal.
Ich seufze. „Gut, ich hab BSC. Aber lass uns noch mal die Köpfe neigen, zwei Minuten Griff wieder grade. Okay?“

Moderne Kommunikation

Grad als ich den Schlüssel ins Schloss unten stecke, laufen ein Knirps und seine Mutter hinter mir durch den Hof.
„Wenn ich mal nicht reden kann“, sagt der Kleine, „weil meine Stimme weg ist, dann ...“
Er bricht ab, aber ich horche auf. Was dann? Das will ich schon wissen, was so ein Knirps dann so macht. Bilder malen, ganz bunt, vielleicht auch Pantomime. Das wären meine Ideen.
Ich tu so, als würde das Schloss klemmen, damit ich weiter vor der Tür stehen und zuhören kann. Das mache ich öfters mal, so tun als ob.
Doch der Kleine lässt sich Zeit und erklärt erst mal, warum denn seine Stimme überhaupt weg sein könnte.
„Wenn ich erkältet bin“, sagt er. „Oder krank.“
Gut, denke ich, aber jetzt komm mal zum Punkt. So ein Schloss klemmt nicht ewig, selbst dann nicht, wenn man nur so tut als ob.
Endlich erlöst er mich und sagt: „Dann schreib ich dir, was ich will. Über das Internet.“
Aha, denke ich, wär ich jetzt nicht drauf gekommen, aber okay. Mama und Knirps am Küchentisch und „Ich will noch ein Brötchen“ per Email.
Nun gut.
Im Treppenhaus treffe ich meinen Nachbarn, den von direkt unter mir. Der schreibt mir nicht, was er will, der sagt mir das direkt: Party am Samstag.
Ach nee, denke ich, Samstag muss ich fett arbeiten und

Sonntag früh raus, aber auch nun gut.
Am Samstag feiert und dröhnt es unter mir.
Ich hier oben sollte auch feiern und dröhnen, ich habe Geburtstag, in genau drei Minuten.
Doch bevor meine Freundin mit dem Countdown anfangen kann, tun die das unter uns.
„Zehn, neun, acht“ und dann „Happy Birthday“ dringt durch die Zimmerdecke zu uns herauf.
Meine Freundin und ich schauen uns an.
„Da hat auch wer Geburtstag“, sage ich.
„Quatsch“, sagt meine Freundin. „Die singen für dich.“
Und dann singt sie mit und ich bestaune die Wunder der neuzeitlichen Kommunikation: Stulle schmieren per Email und Alles Gute für Dich via Fußboden. Bin gespannt, was als Nächstes kommt.

Fünf Jahre Küchenschublade

„Wir müssen was mitbringen“, sagt meine Freundin.
„Wein?“, frage ich und gehe schon mal rüber zum Weinbunkerregal.
Die Flaschen dort sind verstaubt; ich sollte wirklich mal Zettel drauf kleben, von wann und wem die sind, das weiß ich nicht mehr genau. Nur die eine, die neue, das weiß ich dann doch: Die ist von neulich, vom Nachbarn, und zu dem gehen wir jetzt nicht.
Also greif ich sie mir; die nehmen wir mit, aber meine Freundin sagt: „Ein richtiges Geschenk“, und ich stelle sie zurück ins Regal.
Vielleicht besser so, denn der Wein ist schon gut und könnte ja sein, wir trinken den selbst eines Tages. Nur falls nicht, mache ich jetzt ernst.
„Nachbar unten, 2022“, schreibe ich und als ich das Klebeband dann endlich finde, finde ich auch gleich ein Geschenk.
„Kartoffelstampfer“, sage ich und hebe ihn hoch. „Haben wir zwei von.“
„Vielleicht“, sagt meine Freundin.
Ich bin beeindruckt.
Früher mal hätte sie das nicht gesagt, sondern: „Du spinnst!“
Aber früher mal hatte sie auch noch nie Post von meiner Schwester und in die Geburtstagskarte einen einzelnen Teebeutel geklemmt.
„Was’n das?“, wollte sie wissen.

„Fünf Jahre Küchenschublade, würd ich mal sagen.“
„Und warum steckt sie mir das in den Umschlag statt in den Müll?“
Ich seufzte, erklärte, wie das so ist mit Geschenken: Die richtig guten sind nie frisch aus dem Laden, sondern gehortet, jahrelang immer wieder betrachtet, voll ans Herz gewachsen jetzt schon.
„Und dass sie den nicht selbst trinkt, sondern dir schickt – boah.“ Fast neidisch war ich.
Der Kartoffelstampfer ist mir auch ans Herz gewachsen; darum haben wir den noch, obwohl der neue viel besser stampft.
„Prima“, sage ich und wickele ihn ein. „Der kocht doch gerne, nicht wahr?“
„Hmm“, macht meine Freundin, so richtig überzeugt ist sie noch nicht.
„Komm“, sage ich. „Ich pack den Wein noch dazu.“
„Okay“, sagt sie schließlich. „Aber ohne den Zettel dran. Abgemacht?“

Stille Post

Ich habe eine Post entdeckt, wo man nicht anstehen muss. Wo die ist, sag ich nicht, sonst ist es aus mit dem Nicht-Anstehen-Müssen. Mittlerweile habe ich mich da nämlich dran gewöhnt, ans Nicht-Anstehen-Müssen.

Ganz einfach war das nicht.

Bei meinem ersten Besuch dachte ich, die sind alle in der Mittagspause und haben aus Versehen die Türen offen gelassen. Es war aber keine Mittagspause und auch keine andere Pause; es war ganz einfach leer. Ganze zwei Leute standen da an, vor mir. Und weil es zwei offene Schalter gab, stand plötzlich gar keine/r vor mir.

Kaum drin, schon dran.

Ich muss ehrlich sagen: Ich kam nicht so gut damit klar. Ich hatte langes Warten geplant; meine Verabredung gleich ums Eck traf ich erst in dreißig Minuten. So ging das nicht.

Ich gab also meinen Brief auf, und dann fragte ich: Ich fragte nach dem Ökostrom, nach Girokonten mit und ohne regelmäßigem Gehaltseingang, nach dem Preis eines Pakets nach Amerika. An Letzterem war ich sogar wirklich interessiert, das möchte ich hier sagen, zu meiner Verteidigung.

Die Schlange hinter mir wuchs. Fast sah es wieder so aus, wie es sich gehörte für eine Post.

Beim nächsten Besuch war ich fairer: Ich gab mein Paket nach Amerika auf, ziemlich zackig sogar, und trödelte dann nicht am Schalter herum, sondern an den Auslagen für Bürobedarf. Zehn Minuten versuchte ich zu entscheiden, ob ich längliche Heftnotizen besser fände als quadratische, und weitere zehn grübelte ich, ob ich zu Hause noch genug Heftklammern hatte. Als meine eingeplante Postwartezeit vorbei war, verließ ich stillschweigend den Raum.

Seitdem gehe ich echt souverän damit um, dass ich bei dieser Post einfach nicht warten muss. Ich gehe rein, erledige mein Ding und gleich wieder raus.

Prima ist das, und deswegen verrate ich wirklich nicht, wo die Filiale ist.

Kotzfahrstrecke

Ich liege im Bett, ganz schläfrig, und eigentlich sollt ich auch schlafen; es ist nachts um eins. Aber irgendwas hält mich wach und das ist auch gut so, sonst hätte ich nicht halbwegs nett „Hallo“ gesagt, als mein Telefon auf einmal klingelt.

„Mir ist schlecht“, sagt meine Freundin. „Ziemlich doll. Kannst du kommen?“

„Jetzt?“, frage ich.

Bei Notfällen soll man nicht fragen, sondern aufspringen, losrennen, schon klar. Aber ich bin echt voll müde.

Und ziemlich gut eingekuschelt dazu: Auf mir drauf liegt eine Katze. Das hat sie bei der Katzensitterin gelernt, dass man als Katze auch auf Bäuchen liegen kann, und es ist prima.

Die zweite Katze hat das nicht gelernt, liegt aber auf meinem Bein.

„Ja, jetzt“, reißt meine Freundin mich aus den Katzengedanken.

„Okay.“ Ich schiebe Katze eins vom Bauch, Katze zwei vom Bein, seufze. „Bin unterwegs. Zehn Minuten.“

Es sind dann eher zwanzig Minuten als zehn, aber schließlich bin ich doch bei ihr in der Wohnung. Gar nicht gut sieht sie aus, meine Freundin. Sie sitzt mit einem Eimer vor sich auf dem Bett.

„Oh“, sag ich.

„Keine Ahnung, was ist. Aber schwindlig ist mir auch.“

„Hinlegen?“, schlage ich vor.

Das wäre dann zwar doof, wenn sie kotzen muss, aber im Moment ist doch wohl der Schwindel das größere Problem.

Sie legt sich hin und ich mich an sie dran.

Und dann liegen wir, lauschen dem Schwindel, lauschen, ob es besser wird.

Es wird besser.

Sie kotzt zwar einmal zwischendurch, aber so generell geht's jetzt eher bergauf.

„Danke, dass du gekommen bist", sagt sie irgendwann. „Ich zahl dir auch den Fahrschein."

„Quatsch. Bin mit dem Rad. Und wär doch eh nur Kurzfahrstrecke."

„Nee: Kotzfahrstrecke", sagt sie und lacht.

Und damit ist die Nacht gerettet, denn wenn sie neue Wörter erfindet und lacht, ist das voll prima. Mindestens so prima wie Katze auf Bein und Bauch.

Unmodisch-out

Ich will ja nicht oft Kleidung kaufen, nur wenn doch, soll es auch genau das geben, was ich grad suche.
Nur gibt es das nicht, und das aus einem Grund, wie mir die Verkäuferin erklärt, die ich frag, ob sie denn hier keine Bootcut-Jeans haben: „Bootcut ist out. Unmodisch!"
„Ich bin also unmodisch. Ach."
Die Verkäuferin lacht. „So hab ich das jetzt nicht gemeint. Ich mag bootcut ja auch, aber das gibt es halt nicht."
„Bei Ihnen nur nicht, oder so generell?"
„So generell."
Jetzt schaut sie mich doch so an, als ob sie denkt, dass ich unmodisch wäre, weil ich was will, das so generell out ist. Und vielleicht hat sie recht, denn als ich zum nächsten Shop geh, schaue ich mir unterwegs Beine an: slim und tiny, skinny und straight, und keine Sau trägt Hosen mit untenrum breit.
„Hosen mit untenrum breit?", frage ich statt „Bootcut?" im nächsten Laden.
Vielleicht wirke ich dann nicht super-unmodisch, wenn ich so ein Generell-out-Wort gar nicht erst in den Mund nehme.
Aber es hilft nichts; die Verkäuferin sieht mich kaugummikauend-herablassend an, und ich gehe gleich weiter in Laden Nummer drei.
Und dann Nummer vier und Nummer fünf – da erfahre ich, dass bootcut seit Jahren schon out ist –, und dann gebe ich auf.

Ich muss wohl zum Second Hand.
Dabei wollte ich einmal im Leben eine Jeans ganz neu kaufen, einmal im Leben mit Geld um mich schmeißen: Geld hin, Jeans her. Aber irgendwie ist mir das nicht vergönnt, oder vielleicht ist das ja auch einfach out, dieses Mit-Geld-um-sich-schmeißen.
Macht nichts, denke ich, denn zwei Mal minus macht plus, das lernt man schon recht früh in der Schule, zwei Mal out wieder in, wird also stimmen.
Und dann suche ich weiter: zwei, vielleicht sogar drei Jeans auf einen Schlag. Denn dann kann ich doch noch mit Geld um mich schmeißen, wenn auch für Second Hand.

Sonne, Mond und Sterne

Mal wieder komme ich zurück nach Berlin, diesmal von einem Ort, wo viel Sonne schien, so richtig viel Sonne, jeden Tag. Hell war die Sonne da, groß und rund stand sie am Himmel und schien auf mich herab.

Hier in Berlin scheint nur der Mond, dafür aber mitten am Tag. Ich weise meine Freundin drauf hin; zu zweit schleichen wir durch die Straßen Berlins am ersten Tag zurück im grauen, diesigen Nebel der Stadt.

„Guck mal, der Mond", sage ich und zeige hoch in den Himmel. Grad ist er gut zu sehen, bisschen dunstig zwar, aber doch. Meine Freundin bleibt stehen und mustert den Mond. Dann mustert sie mich, ebenso lange.

„Meinst du das ernst?", fragt sie dann.

„Was?", frage ich und schaue sie an.

„Oh je", sagt meine Freundin, dann klärt sie mich auf. „Das ist nicht der Mond."

Mein Blick geht wieder nach oben, ich schaue und schaue, dann muss ich es zugeben. Das ist nicht der Mond.

„Das ist die Sonne", sage ich, halb fragend, halb entsetzt.

„Ja", sagt meine Freundin.

„Krass", sage ich.

Und dann sagen wir erst mal nichts mehr; wir fassen uns an den Händen und laufen weiter. Die Sonne grad mal so hell wie der Mond, das ist doch voll deprimierend.

Ich versuche mich aufzumuntern und summe ein bisschen, gehe alle Lieder durch, die ich so kenne, wo Sonne drin vorkommt.

„Brüder, zur Sonne, zur Freiheit", fällt mir als Erstes ein, aber ich war wohl schon als Kind Feminist und fand das Lied blöd.

Das nächste ist auch nicht besser, dieses russische, von wegen „Die Sonne wird's immer geben, die Mutter wird's immer geben". Meine Mutter gab es nämlich damals schon nicht mehr, und trotzdem musste ich es ständig singen. Kein Wunder, dass das mit dem Kommunismus nicht geklappt hat, denke ich.

„Kennst du ein Lied mit Sonne?", frage ich meine Freundin.

„Klar", sagt sie. „Laterne, Laterne!"

Passt ja, denke ich, und stimme ein: „Sonne, Mond und Sterne."

Von unterwegs und überhaupt

„Ich glaub, ich geh erst mal nach Hause, versteck mich da und komm erst wieder raus, wenn die Welt sich normal benimmt."

Der Mann in Orange

Dienstags gehe ich spazieren, so richtig viel, kreuz und quer durchs Viertel, links hoch die Straße, rechts wieder runter, ums Eck, überall komme ich hin, an allen Läden vorbei, von denen ich etwas brauche. Da bleibe ich dann stehen und gehe auch kurz rein, kaufe Essen und Trinken, dicke Socken, einen Stift, auch ein Käffchen gönn ich mir. Ewig im Café bleiben kann ich allerdings nicht, sonst weiß ich nicht mehr wo lang, wenn ich dann wieder rauskomme. Ich lege die Route nicht fest, die ich so laufe am Dienstag, und die Route ist schon voll kompliziert, muss ich mal sagen. So viele Schlaufen und Schlenker mache ich sonst nicht, wenn ich allein bin.

Aber jetzt eben bin ich das nicht, allein; ich bin zu zweit, laufe jemandem hinterher, und diesem jemanden muss ich mich anpassen, sonst ist er weg. Auf mich warten tut der nämlich nicht.

Nie tut er das, und das obwohl ich treuester Anhänger bin, „Fan“ könnte man fast schon sagen.

Immer, wenn ich ihn sehe, folge ich ihm, dem Mann in Orange – und das ist nicht mehr so oft. Seit Kacke in Beuteln entsorgt werden muss, ist sein Job bedroht.

Der Mann in Orange hat keinen richtig tollen Job, finde ich. Riecht auch nicht gut; das lässt sich nicht leugnen. Ich meine, das, was er macht, ist super, so ist es nicht, aber tauschen möchte ich nicht.

Den ganzen Tag schief im Führerhaus sitzen, mit einer Hand steuern, Kurven und Schlenker, hin zu den Haufen;

mit der anderen Hand Saugrohr raushalten und zielen, Hundehaufen befördern, vom Bürgersteig unten nach oben hinter sich in den Tank?
Schon super, wie gesagt – Wupp! Kacke weg! – aber nee, ich bleib lieber bei dem, was ich mache: hinterherlaufen nämlich. Endlich mal sehen, was es so gibt in meinem Kiez! Das sehe ich sonst nicht, weil ich vor meine Füße starren muss und die Haufen dort unten, damit ich nicht reintrete in sie.
Kackesauger ist super!
Nur die Route – die könnte man noch verbessern. Zur Post müsste ich jetzt. Ob ich es ihm sage, dem Mann in Orange? Vielleicht saugt er mich hin, den Weg frei für mich.

Vom Trinkteufel verfolgt

„Dich kenn ich doch", sagt der Typ neben mir an der Ampel. Ich trete automatisch einen Schritt zur Seite, blöde Anmache an der Ampel finde ich doof. Da ist nämlich rot und wenn dann auch noch Autos kommen, kann ich nicht einfach weiterlaufen, sondern maximal dahin zurück, wo ich herkomme, und das find ich noch doofer.

„Ich wohn da oben", sagt der Typ und zeigt auf das Haus auf der anderen Seite. „Mit dem Balkon." Er nickt mir zu. „Kannst ja mitkommen. Zum Trinken."

Wie jetzt, zum Trinken?, denk ich. Es ist grad mal halb elf, und kennen tu ich den Typen immer noch nicht. Ich starre ihn an, nee, kenn ich nicht.

Aber das muss nichts heißen, ich kann mir nämlich Gesichter nicht merken. Das ist auch ziemlich doof.

Der Typ dagegen kann sich Gesichter anscheinend schon merken und das über Jahre hinweg.

„Im Trinkteufel", erklärt er mir, „haben wir uns getroffen."

Im Trinkteufel war ich nur ein einziges Mal und das ist ewig her. Ich erinnere mich nicht an allzu viel von dieser Nacht, eigentlich nur an eines: Da war so ein Typ, der voll nervte. Bloß wie der aussah, weiß ich nicht – ist schon doof, das mit dem Gesichter nicht merken.

Aber so wie der Typ hier jetzt nervt, wird er es wohl sein.

„Trinkteufel", sage ich also und schaue ihn an. „Aha."

Er nickt enthusiastisch und weist erneut auf das Haus, wo er wohnt. „Kommste mit?"

Ich schüttele den Kopf und überleg, ob ich hinzufüge, dass ich ihn, falls ich ihn kenne, ziemlich nervig finde. Aber das erscheint mir doch viel Erklärung für jemanden, der eh nur nervt, also sage ich das nicht, sondern einfach nur „Nee.“

Er nickt, als hätte er nichts anderes erwartet und dann geht er los, über die Straße ins Haus, wo er wohnt.

Bevor er auf dem Balkon wieder auftaucht, will ich weg sein, also gehe ich auch, und da ich grad eh in Kreuzberg bin, kann ich auch schauen, ob's den Trinkteufel noch gibt.

Zebrastreifenshow

Bei mir um die Ecke wird gebaut und seitdem ich weiß, was, bin ich dagegen: ein Fußgängerüberweg.
Ich hab jetzt nichts gegen Fußgängerüberwege; ich find's eigentlich toll, mich da hinzustellen, zu sehen, wie die Autos anhalten und so, und jedes Mal denke ich an meine Freundin aus Frankreich, die einen Lachanfall kriegte deswegen, und das immer wieder probieren wollte.
„Die halten an!", schrie sie, vollkommen begeistert.
„Tun sie", sagte ich, und das tun sie immer noch, die Autos, und deswegen sind Fußgängerüberwege echt cool.
Trotzdem.
Ich will den neuen nicht, aus einem ganz egoistischen Grund: Er soll dem Zebrastreifen direkt bei mir vor dem Fenster keine Konkurrenz machen, bitte sehr. Denn auf dem Zebrastreifen direkt bei mir ist immer was los, und wenn dann noch einer nur eine Ecke weiter ist, passieren die spannenden Sachen vielleicht alle schon dort. Und dann hätte ich Langeweile so nachts.
Da kommt schon wieder ein Paar, zwei Frauen diesmal. Sie schauen sich um, ob keiner sie sieht, dann legen sie los. Abbey Road, Beatles, riesige Schritte über die Streifen, danach ein Rap, fast schon mit Breakdance-Einlage. Cool ist das.
Davor waren es zwei Jungs, eher besoffen, aber doch unterhaltsam, wie sie so grölten in ihre Handys hinein, grölten und sangen. Und wenn sie das schon an dem anderen, neuen Fußübergangsweg gemacht hätten – nee, ich hätte die Show glatt verpasst.

Ich schaue den Frauen weiter zu, schaue, wie sie stehen, jetzt einen Fuß auf dem ersten Zebrastreifen, weil ein Auto kommt und sie wollen, dass es anhält vor ihnen, wartet, eine Minute, zwei, sogar drei, während sie die Straße überqueren, Schildkrötentempo. Ganz ernst tun sie das und erst als sie drüben sind und das Auto weitergefahren, lachen sie los, zeigen mit den Fingern.

„Du, der hat angehalten!"

„Und wie! Ewig! Toll!"

Toll, genau, so ein Fußgängerüberweg, da stimme ich voll zu.

Nur bitte eben nicht allzu viele, wegen der Konkurrenz.

Blöder als ich denke

Sonne! Ich schwinge mich aufs Rad, lasse Computer und Drucker hinter mir; ich will jetzt Sonne und echte Leute statt die auf Papier. Ich radele los, hin zu einer Freundin. Sie wohnt gleich über einem Café, und weil Café besser ist bei Sonne als Wohnung, gehen wir runter. Wir sitzen und quatschen, als sich auf einmal ein Typ zwischen den Tischen aufbaut.

„Ist wer mit dem Rad da?“, fragt er.

Ich bin mit dem Rad da, gleich um die Ecke steht es an ein Geländer gekettet, aber bevor ich das sag, will ich erst wissen, wieso er das fragt. Nicht, dass er es sich borgen will oder so; darauf hätte ich grad keinen Bock. Ich will heute selber viel rumfahren damit, gleich nachdem mein Kuchen alle ist jedenfalls.

Aber er erklärt nicht, warum er das wissen will, er fragt nur noch mal. Fast verzweifelt klingt er: „Ist denn keiner mit dem Rad da?“

Und weil er so verzweifelt klingt, hebe ich dann doch schon halb die Hand, um mich zu melden, und auch meine Freundin stößt mich an: „Du. Oder nicht?“

„Jemand hat seins an meins angeschlossen. Und jetzt komm ich nicht weg“, erklärt der Typ und schaut noch mal in die Runde.

Als er mich anblickt, senke ich den Kopf. Nee, denke ich, so blöd bin ich nicht; und das sage ich auch meiner Freundin: „Schon. Aber so blöd bin ich nicht.“

So blöd bin ich anscheinend doch.

Als wir mein Rad holen wollen, kurz später, säbelt der Typ mit einem Taschenmesser an seinem Bremskabel rum. Dem Bremskabel, das ich mit meinem Schloss eingefangen hab aus Versehen.
Kurz überleg ich, ihn weitersäbeln zu lassen, so zu tun, als ob ich mein Rad nicht kenne, aber meine Freundin kennt es und fängt an zu lachen.
Der Typ lacht nicht.
„Du warst doch im Café vorhin!“, schimpft er, als ich mich neben ihn stelle, Schlüssel in der Hand. „Warum haste dich nicht gemeldet?“
„Tja“, sage ich. „Weil ich doch blöder bin, als ich denke. Tut mir echt leid.“

Leon ich nicht

Ich schreibe eine SMS an eine, der ich so lange nicht mehr geschrieben hab, dass ich nicht sicher bin, ob sie noch weiß, wer ich bin. Aber ich hab jetzt an sie gedacht und ihr das geschrieben.

„Schön", simst sie zurück. „Aber wer bist du?"

„Oh", denke ich, enttäuscht. Aber vielleicht hab ich ja auch einfach vergessen, meinen Namen drunter zu setzen. Ich schau gleich mal nach, und da sehe ich es: „Liebe Grüße, Koex".

T9!

Ich schnaufe, so laut, dass die neben mir im U-Bahn-Sitz aufschaut, ihr Spiel von bunten Kugeln auf dem Bildschirm hin- und herschieben unterbricht. Finde ich gut so; es ist ein blödes Spiel.

Dabei kenne ich es gar nicht selbst; ich sehe es nur immer auf Handys von anderen, Handys, die keine Dinosaurier sind so wie meins. Meins hat keine Spiele, keine Musik, kein Email-Abrufen von unterwegs, kein nichts.

Meins hat nur T9, text on 9 keys, sehr hilfreich; ich muss nur „5639" drücken, damit da „Joey" erscheint: 5 für das J, 6 für das O, 3 für das E und 9 für das Y.

Die Hälfte davon hat T9 auch korrekt hingekriegt, dann plötzlich meinen Namen vergessen, aber doch ganz hilfreich einen Ersatzvorschlag gemacht. Koex. Ich weiß schon, warum ich intelligente Technik nicht mag.

„Joey" tippe ich noch mal und schon wieder macht T9 ein „Koex" daraus. Ich schalte es ab und muss jetzt ein Mal

die 5 drücken fürs J, das ist nicht schlimm; drei Mal die 6, M-N-O, das ist schon blöder; zwei Mal die 3, D-E, erträglich; aber beim Ypsilon vermach ich mich doch, W-X-Y-Z.
„Joez“ steht da jetzt.
„Egal“, sag ich. Die neben mir schaut wieder auf, aber auch das ist egal; ich drücke auf Senden.
„Leon ich nicht“, kommt es zurück.
„Leon?“, überlege ich, und dann plötzlich hab ich es: 5366, „Leon“ statt „Kenn“, T9 am Werk.
Super, denke ich, denn meckern über T9 ist doch ein guter Anlass, eine alte Freundschaft wieder aufleben zu lassen. Aber statt das zu tippen, rufe ich dann doch lieber einfach an.

Ziemlich schlimm

„Du schon wieder“, sagt die Frau im Hausflur und lächelt mich an.

„Ja“, sage ich und lächle zurück, etwas angestrengt zwar, aber ich lächle.

„Wohnst du auch hier?“, fragt sie.

„Ja.“

„Ist ja lustig.“ Sie schließt ihr Fahrradschloss auf. „Dann sind wir Nachbarn.“

„Ja“, sage ich, ein drittes Mal „Ja“, und ich meine es auch. Nachbarn, lustig, von mir aus auch noch viel mehr könnten wir sein, diese Frau und ich, wenn mir nur einfallen würde, wer sie eigentlich ist. Aber das fällt mir nicht ein, so sehr ich auch grübele und so sehr ich auch starre, ihr direkt ins Gesicht: Vollkommen unbekannt ist sie mir. Ich starre trotzdem, weil kann ja doch sein, dass ich sie kenne. Kurz lässt sie sich anstarren, die Frau, dann nickt sie mir zu.

„Na dann“, sagt sie und schiebt ihr Rad an mir vorbei.

Ich nicke zurück und schaue ihr nach, versuche mir alles einzuprägen an ihr: ihren Gang, wie sie den Arm hebt, den linken, die Tür aufzieht damit, wie sie aufsteigt und losfährt. Vielleicht kann ich mir ja so was merken statt die Gesichter der Menschen.

Kann ich nicht. Kurz später steh ich beim Bäcker, als schon wieder wer kommt und mich kennt.

„Mensch, Joey!“, ruft die Frau vor mir in der Schlange und schüttelt den Kopf.

„Ja?“, frage ich und krame in meinem Gedächtnis, auch wenn das vollkommen sinnlos ist. Ich kenne die Frau nicht.
„Das dritte Mal heute!“, sagt sie.
„Das dritte Mal?“
Sie schaut mich an, als wäre ich nicht mehr ganz dicht.
„Erst im Laden, dann grad eben im Haus und jetzt hier“, zählt sie auf.
Ich werde rot. Dass ich mir so schlecht Gesichter merke, noch nicht mal von 8 Uhr auf 10 Uhr und dann auf 10:30 Uhr ist schon ziemlich schlimm, finde ich.
Sie findet das auch und wendet sich ab.
„Zwiebelbrot, bitte“, bestellt sie. „Vier Stück.“
Zwiebelbrot, vier Stück – so was merke ich mir garantiert, auch ohne, dass ich es will. Nur Gesichter leider immer noch nicht, noch nie. Ziemlich schlimm, da hat sie recht.

Leitflugkultur

Ich hab es schon wieder geschafft: mich hoffnungslos verfahren mit dem Rad. Dabei wollte ich nur kurz raus in die Sonne, aber die scheint so verführerisch, dass ich ihr ewig lang hinterherfahre.

Schön, denke ich, und das ist es auch wirklich.

Nur: Wie komme ich zurück? Kein Stadtplan, kein Smartphone, nichts hab ich bei, was mir da den Weg weisen könnte.

Aber ich schaffe das auch so: Ich muss jetzt einfach nur in die andere Richtung, nicht mehr der Sonne nach, sondern nach Norden.

So weit, so gut; ich radele und radele, aber noch immer weiß ich nicht, wo ich nun bin. Die Straßennamen sagen mir nichts, die Busnummern auch nicht, und ich glaube, ich sollte jetzt doch mal anhalten, nach dem Weg fragen, auch wenn ich das hasse.

Ich bremse also, schaue mich nach jemand zum Fragen um, als ich die Rettung vorm Fragen seh; oben am Himmel, wie es sich gehört: ein Flugzeug! Und dann noch eins und noch eins; im Minutentakt röhrt es da von rechts nach links, genauso wie bei mir zu Hause. Nur etwas schräger als bei mir zu Hause fliegen die hier, so vom Winkel her, und auch nicht ganz so tief. Ich muss näher ran, muss weiter nach links, dann stimmt Winkel und Höhe wieder, und wenn das dann stimmt – Flugzeug so nah, dass die Fensterscheiben zittern davon schon fast –, bin ich dann da.

Auf einmal mag ich dröhnende Flieger und wünsche mir

einen noch dichteren Takt, damit ich unentwegt schauen kann beim Radeln, ob ich noch auf dem richtigen Weg bin. Viel besser als fragen ist das, als Stadtplan sowieso: kein Anhalten, um auf den Plan runterzustarren, und außerdem vergesse ich den ja immer zu Hause.

Dröhnen am Himmel ist super, denke ich – bis ich mir angewöhnt hab, meinen Plan doch einzustecken, fragen nicht mehr hasse, oder alternativ alle Busnummern und Straßennamen der Stadt auswendig kann.

Ich menstruiere

„Klar hab ich heut was gemacht“, verteidige ich mich. „Ich hab menstruiert!“
Es ist keiner da, mit dem ich rede; ich verteidige mich mir selbst gegenüber. Das muss ich, denn so ganz geheuer ist es mir nicht, den ganzen Tag nichts zu tun außer eben zu bluten – auf die Idee wär ich nicht selber gekommen.
Bin ich auch nicht.
„Ich menstruiere“, sagt eine Freundin von mir immer dann, wenn ich sie anrufe und sie das gerade auch tut.
Egal, was ich vorschlage – Kino, essen, einfach nur treffen – sie lehnt es ab.
„Nö, heut nicht“, sagt sie und klingt stolz und zufrieden zugleich. „Ich mach heute nur eins: Ich menstruiere.“
Nachdem ich das fünf Mal gehört hab, will ich es dann auch mal probieren. Oder eher: So bewusst ist die Entscheidung gar nicht; mein Körper entscheidet das einfach.
Plötzlich lieg ich faul auf dem Sofa, schreibe nicht, checke keine Mails und gehe auch nicht an die Tür, als es klingelt.
Nix da, denke ich. Ich menstruiere.
Gut fühlt sich das an; nur sekundenweise kriege ich dann doch ein schlechtes Gewissen: Keine Krämpfe, keine Schmerzen, einfach so lieg ich rum. Sollte ich nicht doch mal was machen?
Bestimmt, denke ich und rappele mich hoch, klappe den Laptop auf. Aber schon, als ich mein Passwort eingeben soll, wird es mir zu viel.

Schon klar, denke ich und klappe wieder zu. Dann menstruiere ich halt.
Eine Stunde menstruiere ich so rum, dann klingelt auf einmal das Handy. Ich strecke die Hand aus – das krieg ich noch hin – und schaue aufs Display.
Oh je, denke ich und zucke zusammen. Jobangebot.
Kurz stell ich mir vor, wie ich rangehe, höre: „Text schreiben bis morgen", als Anfrage. „Was sagste?"
„Nö", würde ich dann sagen. „Heut nicht. Ich menstruiere."
So richtig hab ich das dann aber doch noch nicht drauf. Ist jetzt nicht, weil's ein Tabuthema ist, beruhige ich mich und lausche dem Klingeln. Nächstes Mal gehe ich ran.
Oder auch nicht – schließlich hab ich schon was zu tun: Ich menstruiere.

Fast schon Gesetz

Ich stehe an einer Kreuzung, wo kein Auto kommt, und warte. Ich finde das blöd, aber die Fußgängerampel zeigt Rot und mir gegenüber auf der anderen Seite der Straße steht eine Masse Menschen, die sich ebenso wenig bewegt wie ich. Kein Auto, kein Rad, kein Nichts in Sicht, und trotzdem stehen wir da und warten, starren auf Rot und heimlich auch zueinander hin.

Blöd, denke ich. Alle blöd hier. Ich inklusive.

Nur einer ist dann doch nicht blöd. Er kommt von links an die Masse mir gegenüber ran, schaut sie kurz an, runzelt die Stirn, schaut dann auf die Straße – immer noch leer – und überquert sie. Einfach so.

Cool, denke ich. Jetzt kann ich auch.

Ich könnt auch so bei Rot, so ist es nicht; aber nicht als Erster, nicht heute, denn heute fühl ich mich … weiß nicht, verletzlich. Da muss ich nicht vorneweg, mich ins Scheinwerferlicht begeben.

„Ey Alter!", schreien die Leute dann nämlich. „Ist Rot!"

Dabei ist das doch Pflicht in Berlin, bei Rot über die Straße, fast schon Gesetz. Berlin wär sonst nicht Berlin.

Aber heute ist Berlin nicht Berlin; heute ist Berlin durchgeknallt plötzlich.

„Hier in Deutschland wird bei Grün gelaufen, mein Freund!", ruft da einer, wobei das „mein Freund" jetzt nicht wirklich so klingt, als wäre es wortwörtlich gemeint und das „in Deutschland" auch nicht grad nett.

Oh je, denk ich und lauf doch los, bei Rot, obwohl nun

alle gucken: auf mich und auf den – laut Schreier – anderen, undeutsch aussehenden Bei-Rot-Überquerer.
Der verdreht die Augen, zurück Richtung Schreier. „Der spinnt“, besagt das eindeutig.
Ich stimme ihm voll zu und dann sehe ich, dass auch andere das tun; alle: Plötzlich gehen sie los.
Bei Rot.
Über die Straße.
Und vielleicht tun sie das, weil sie jetzt nicht mehr die Ersten sind und es eh gleich grün wird; aber vielleicht tun sie das auch wegen der Pflicht, fast schon Gesetz, Berlin bleibt Berlin: undeutsch und bei Rot vollkommen okay.

Schmale Bänke

Monatelang hab ich gesucht und dann endlich gefunden: ein Restaurant, das nicht teuer ist; ein Restaurant, wo es mir schmeckt; ein Restaurant, wo ich ganz gerade sitze am Tisch.

Denn schief und krumm sitze ich sonst schon beim Schreiben den ganzen Tag. Ich hab alles versucht: Super-Tisch, Super-Stuhl, Super-Kissen, sogar einen Sitzball einmal. Den haben dann meine Katzen zerfetzt, aber das war nicht schlimm, auf dem Ding saß ich auch wie 'ne Sechs und nicht wie 'ne Eins.

Und dann hab ich den Vietnamesen entdeckt: super Preis, super Essen, superschmale Bänke. Auf die passt grad mal der Po drauf, da kann man nicht rutschen, den Hintern nach vorn schieben und die Wirbelsäule auch in der Mittagspause ganz falsch belasten. Super ist das.

Super war das, genauer gesagt.

Denn jetzt sitze ich und merke, dass mein Po rutscht, ganz doll, nach vorne. Ich schieb mich zurück, lehne mich an – ganz gerade einen Moment; ich atme durch –, aber schon rutsche ich wieder: Arsch halb unterm Tisch, Rücken krumm.

Okay, das ist jetzt komisch, denke ich und mustere die Bank unter mir.

„Breiter!" Der Restaurantbesitzer kommt rüber, grinst, weist auf die Bank, dann auf seinen Po – einen sehr dünnen Po. Und an dem hat er die nötige Tiefe der Bänke ursprünglich gemessen, wie er mir jetzt erklärt. „Nur sind die Leute hier dicker als ich." Er lacht. „Aber jetzt: Bank breiter! Kein Problem mehr!"

Doch, denke ich. Ein großes Problem sogar. Denn wie soll ich, bitte sehr, gerade sitzen, wenn mein Po Platz zum Rutschen hat?

Ich seufze.

Er seufzt auch. „Die leider noch nicht." Er weist auf eine Bank gleich neben der Tür.

„Noch schmal?", frag ich und geh sofort rüber. „Toll!"

Und dann sitze ich wieder, ganz gerade, atme tief durch und hoffe, dass es noch etwas dauert, bis auch die Bank hier dran ist. So lange mindestens bis ich das nächste Restaurant gefunden hab mit super Preis, super Essen und superschmalen Sitzen.

Ich will's nicht wissen

Der vor mir in der Schlange fängt gleich an zu heulen. Dabei ist die hinterm Tresen ganz nett, zeigt ihm, was sie hat, bietet an ohne Ende.
„Turkey oder Ham oder Turkey und Ham oder Turkey, Ham und Bacon Melt?“, fragt sie. „Doppelt, einfach? Und was für einen Käse? Schmelz, Frisch oder Cheddar?“
Der Mann vor mir starrt auf die Optionen. Für die Brotart hat er sich schon entschieden; ganz tapfer war das; auch da gab's Auswahl zum Umkippen. Aber umgekippt ist er nicht, obwohl er sich jetzt doch schon festhält am Tresen; die Sehnen an seinen Händen treten hervor.
„Was passt denn am besten?“, fragt er schließlich ganz leise.
„Ihre Wahl!“, sagt die Sandwich-Belegerin und klatscht in die Hände. Sie klatscht jetzt nicht wirklich, aber sie spricht so, als ob sie es täte.
„Ja, aber“, sagt der Mann vor mir und dann nichts weiter.
„Und welche Soße?“
„Die, die am besten passt“, probiert er es noch mal. „Entscheiden Sie das, bitte. Sie wissen das bestimmt besser als ich!“
Er klingt richtig verzweifelt.
Ich kann ihn verstehen.
Wenn ich im Restaurant Essen bestelle, soll gefälligst die Köchin entscheiden, wie es gut schmeckt, deswegen gehe ich ja hin. Und kreativ soll es sein; wenn auf dem Teller liegt, was schon auf der Karte stand, bis ins kleinste Detail – nee, langweilig ist das. So will ich das nicht.

Nur heute muss es so sein; ich habe keine Zeit, deswegen Sandwich-Fastfood.
Der vor mir schließt die Augen, weist blind auf eine der Flaschen mit Soße.
Aha, denk ich, prima Idee.
Für die Salatauswahl hat er auch eine Lösung: „Alles“, sagt er, ohne auf die Aufzählung zu warten von dem, was es gibt.
Als ich dann dran bin, mach ich es ihm nach. Brot: eene-meene-muh, zweites von rechts, Käse: der Linke, Soße: die gelbliche Flasche.
Schmeckt komisch, was ich da kriege, aber trotzdem genau, wie ich es will: überraschend, als hätte sich da wer bemüht. Vielleicht ist Fastfood doch nicht so schlecht, denke ich, jetzt, wo ich weiß, wie es geht.

Lächelquote

Es ist grad mal acht Uhr und ich hab schon fünf Leute angelächelt und fünf Leute mich. Komisch ist das, denn sonst gibt's doch noch nicht mal zehn Lächeln pro Tag. Das ist mir suspekt.
Ganz grimmig gucke ich auf einmal, aber nicht lange. Da lächelt schon wieder einer!
Vielleicht liegt es an der Umgebung – sagt man ja so: Sport setzt Endorphine frei, macht glücklich und so. Denn ich bin im Fitnessstudio, und auch das ist mir ein bisschen suspekt. Denn es ist schon das dritte Mal diese Woche, und das dritte Mal früh um acht.
Vielleicht hat das Lächeln ja mit der Uhrzeit zu tun, überlege ich, als ich mich umziehe.
Aber gestern war ich hier bis um neun, und da kam so ein Schwung Tattoo-Muskelmenschen rein und die haben mich auch angelächelt. Bei denen hätte ich eher gedacht, die geben mir eine aufs Maul, weil Runen-Tattoos sind sonst eher die Bösen; die, die nicht gut damit klarkommen, dass ich pinke Krawatten als Gürtel trage und auch sonst irgendwie anders aussehe.
Aber nein: Auch die haben gelächelt.
Im Supermarkt gleich unter dem Studio lächelt allerdings keiner, und obwohl mich das beruhigt, finde ich es auch schade. War doch eigentlich super, so viel zu lächeln.
Kaum denke ich das, lächelt schon wieder einer: der an der Kasse, grad als ich meine EC-Karte in den Schlitz stecke.

Und er lächelt nicht nur, er sagt auch was: meine PIN. Ganz laut.
Ich zucke zusammen. „Was?“
„19,21“, wiederholt er und zeigt auf das Display, wo steht, wie viel ich zu zahlen hab.
Und das ist genau die Zahl, die ich grad eintippen wollte – eben meine PIN. 1921.
Ich schüttele den Kopf. Das ist jetzt echt mal ein komischer Tag: Lächelquote schon früh um acht erfüllt; PIN laut an der Kasse gesagt. Ich glaub, ich geh erst mal nach Hause, versteck mich da und komm erst wieder raus, wenn die Welt sich normal benimmt.

Vom Jagen und Sammeln

„Ich muss jetzt mal was gestehen: Ich bin nicht immer voll cool."

Getrübter Glanz

Mein Portmonee ist kaputt. Das geht so nicht weiter, find ich, und weil ich das find, finde ich mich auf einmal in so einem Shoppingcenter.

Ich mag so was nicht, aber richtig schlimm ist es heute nicht, vor allem nicht voll. Und vielleicht weil es nicht so voll ist, winkt mich nach dem Portmoneekauf einer vom Fingernägelverschönerungsstand ran, was ausprobieren.

Ach, denke ich. Klar! Ich leb schließlich, um was zu erleben.

Und schon greift der Nägelverschönerungsmann nach meiner Hand, erst erfreut, dann nicht mehr erfreut, als er meine Nägel aus der Nähe sieht: kurz, kein Lack …

Ich muss lachen.

Er lacht zurück, unsicher zwar, nimmt dann aber doch so ein komisches Teil und macht an mir rum, Zeigefinger, rechts; erklärt, poliert und dann lässt er mich gucken.

„Das hält mindestens zwei Wochen!“ Er strahlt. „Drei!“

Mein Fingernagel strahlt auch; ganz trüb sehen die anderen daneben aus. Aber ganz ehrlich mal jetzt: Trüb gefällt mir viel besser.

Ganz schnell zieh ich meine Hand weg, bevor er auf die Idee kommt, weiterzumachen, mir zehn Finger mal drei Wochen Glanz anzudrehen.

Aber das hat er nicht vor; er hat vor, mir seinen Superpolierer anzudrehen.

„Ach“, sag ich, zeig auf seine Nägel. „Sie nutzen das ja selber nicht.“

„Aber …“ Er schnauft. „Ich bin doch ein Mann!“
Oh je, denke ich. Was für ein Quatsch.
Nur sagen tu ich das nicht, dazu bin ich wie oft in solchen Fällen, dass Menschen tatsächlich so was denken, zu überrascht.
Ich verabschiede mich nur, gehe nach Hause und da sitze ich dann da mit meinem einem Nagel auf Glanz, bis mir der Nagellack einfällt, den ich noch hab, so alt, dass er bestimmt schon voll trüb ist.
Und dann trüb ich den Glanz, male alle fünf Finger rechts an und freu mich, dass die neue Farbe da zur Farbe vom neuen Portmonee passt und ich glatt was erlebt habe heute, in einem Shoppingcenter auch noch.

Laut grölende Frauen

„Fährt die zur S-Bahn?“ Eine Stimme ruft in die Straßenbahn rein.
Ich will grad „Ja“ zurückrufen, als die vier Frauen hinter mir das schon tun, und das ziemlich laut.
Normalerweise finde ich laute Leute nachts in der Bahn nicht so anziehend, aber ich habe mich doch direkt vor die hier gesetzt; sie sind faszinierend. Wie nervige Typen benehmen sie sich, belegen gleich mal acht Sitze für sich, reichen Alkohol hin und her, grölen auch ein bisschen dabei. So ganz weiß ich noch nicht, was ich davon halten soll: Mag ich, dass sie so viel Raum einnehmen wie sonst oft nur Männer? Aber dann auf diese Art?
Nur dann denke ich erst nicht mehr darüber nach, denn die Fährt-die-zur-S-Bahn-Fragerin steigt ein, die Tür geht zu, die Bahn fährt ab und sie ruft, auch ziemlich laut: „Mein Mann!“
Ich schaue.
Da kommt er, der Mann, eher geschlurft als gerannt, aber er kommt. Ich finde, das ist nicht zu übersehen, selbst wenn man Straßenbahnfahrer ganz am anderen Ende des Wagens ist.
„Halt an!“, will ich ihm zurufen.
Aber schon wieder sind die vier hinter mir schneller.
„Ey, stopp!“, grölen sie. „Da kommt doch noch einer!“
Es nützt nichts. Die Bahn fährt an, ab, weiter.
„Mein Mann!“ Ganz verzweifelt klingt das jetzt. „Der hat doch Demenz.“

Scheiße, denke ich.
„Scheiße!“, ruft eine der vier lauten Frauen. „Fahrer! Halt an!“
„Oder Fahrerin“, sagt eine zweite.
„Stimmt. Könnte auch ’ne Fahrerin sein.“
Könnte nicht, denke ich.
Da bin ich jetzt bockig, denn wenn ein Fahrer was Tolles macht, habe ich das noch nie gehört: „Könnte ja auch ’ne Fahrerin sein.“ Immer nur andersrum, wenn’s danebengeht.
Oder bilde ich mir das nur ein?
Und so sitze ich und grübele, bis zur nächsten Station.
Da steigen die vier lauten Frauen aus, die Ist-das-die-S-Bahn-Fragerin auch, gemeinsam suchen sie den dementen Mann – und ich suche noch immer eine Antwort: Mag ich laut grölende Frauen?

Geschenk auf Zeit

„Was meinst du?“, fragt meine Freundin, ganz vorsichtig. „Könnt ich das Buch jetzt auch mal lesen?“

„Ja. Doch. Logisch. Schon. Nur …“ Ich fange an zu stottern. „Bin noch nicht fertig damit.“

Ich nehme das Buch, um das es geht, in die Hand, und wir schauen es an, meine Freundin und ich. Sie räuspert sich. „Also“, setzt sie noch mal an. „Das ist ja eigentlich mein …“

„Ich weiß!“, unterbreche ich, bevor sie es aussprechen kann: Mein Buch.

Es ist ihr Buch, da hat sie recht. Und das ist irgendwie voll peinlich. Denn nicht nur brauche ich irgendwie ewig, um es zu lesen; ich hab es ihr auch noch geklaut. Genauer gesagt: es für sie gekauft, ihr unter die Nase gehalten – und dann sofort wieder weggenommen, um es eben erst mal selber zu lesen.

Zum Glück ist meine Freundin an so was gewöhnt.

Denn so mache ich das nun mal mit Büchern, und gleich beim ersten Buchgeschenk an sie hab ich da auch den Standard gesetzt. Etwas eleganter allerdings: Dieses erste Buch hatte ich zuerst selbst gelesen, dann erst geschenkt. Ich weiß das noch so genau, weil es als Widmung in diesem Buch steht: „Hab’s vor dir gelesen, war einfach zu gut, die ersten Seiten, ich konnt nicht widerstehen.“

Und das Buch selbst steht nur einen Meter weit weg, bei mir im Regal. Denn logisch hab ich es mir dann noch mal geborgt. Und nie wieder zurückgegeben.

Denn so ist das eben auch mit Büchergeschenken bei mir: Bücher schenke ich zwar, aber nicht für immer und ewig. Aber überhaupt erst mal schenken sollte ich ihr das neue Buch jetzt vielleicht schon.
Meine Freundin denkt das auch.
„Komm“, sagt sie. „Gib her. Du kriegst es ja wieder.“
„Und wann?“
Sie zuckt mit den Schultern.
Ich überlege.
„Vielleicht kannst du’s ja superschnell lesen“, schlag ich dann vor. „Bis Weihnachten zum Beispiel! Dann hättest du auch gleich ein Geschenk für mich.“

Lauter sein üben

Ich muss jetzt mal was gestehen: Ich bin nicht immer voll cool. Es scheint nur so, als hätte ich stets einen flotten Spruch auf den Lippen, wenn mir was Blödes passiert im Leben. Aber ganz schön oft auch hab ich keinen Parier-Satz parat, wenn ich ihn ganz dringend brauche.
Wie jetzt.
Ich schaue den Mann an, dem ich Paroli bieten will. Er hat jetzt nichts Blödes direkt zu mir gesagt, sondern so vor sich hin in die S-Bahn rein: „Geht's auch leiser?"
So weit, so gut; ich stimme sogar zu: Die Frau da telefoniert schon ziemlich laut.
Aber dann schiebt er hinterher: „Bis ganz nach Afrika musst du ja brüllen, was?", und das ist nicht mehr okay, sondern einfach nur beschissen rassistisch.
Und deswegen sollte ich da jetzt was sagen.
Nur fällt mir nichts ein, was ich sagen kann; erst später habe ich Ideen, von langen Sätzen hin zu ganz kurz, zum Beispiel einfach nur: „Schnauze!"
Ich könnte sagen…
Ich weiß nicht genau. Irgendwas.
Aber ich sage noch nicht mal irgendwas. Ich schau nur weiter den Mann an, ganz böse zwar, aber stumm.
Er seinerseits schaut ebenfalls: ob da wer Einspruch erhebt gegen seinen „Afrika"-Spruch.
Sieht nicht so aus, und das ist noch viel beschissener.
Trotzdem kriege ich den Mund noch immer nicht auf.
Ich schaue zu der Frau.

Sie hat den Spruch nicht gehört, vielleicht nicht verstanden. Oder sie tut nur so; ich tu ja auch manchmal so, als hätte ich Angriffe nicht gespürt, wünsche mir dann aber doch immer, dass jetzt wer Anderes was sagt, wenn ich das allein eben nicht schaffe.
„Du brüllst aber auch ganz schön rum", sagt da plötzlich jemand hinter mir. „Hör auf!"
„Genau!", sage ich.
Ich rede so leise, dass das niemand hört. Aber immerhin: Leise ist besser als stumm. Und es kann nur lauter werden, mit Übung – lauter, flotter, Spruch und Einspruch auf den Lippen. „Hör auf!"

Reduziert paniert

Seit neuestem stehe ich im Supermarkt und rede mit dem Fleisch. Ich traue mich das, weil das ein älterer Herr gemacht hat, und den hat keiner schief angeguckt.
„Paniert?“, fragte der ältere Herr das Fleisch. „Keins von euch paniert?“ Dann klopfte er gegen die Scheibe, zuerst zart, später verärgert. Schließlich sagte er: „Wenn du nicht paniert bist, will ich dich nicht.“
Dann drehte er sich um, nickte mir zu und ging, vermutlich zur Konkurrenz, oder auch zum Tofuregal. Das weiß ich nicht, ich hab ihm nicht nachgeschaut. Ich hab aufs Fleisch geschaut und auch was gesagt.
„Trau mir“, hab ich gesagt, speziell zu den Grillwürstchen. „Das wird was, auch wenn's gar nicht so aussieht.“
Die Grillwürstchen haben mir getraut, zumindest sind sie in meinem Einkaufskorb gelandet und später in meinem Kühlschrank.
Und da blieben sie.
Sie blieben da übers Wochenende, obwohl sie am Wochenende auf einem Grill hätten liegen sollen, aber es regnete, mal wieder. Ich tröstete mich und die Würstchen.
„Haltet durch“, sagte ich und schaute verstohlen auf ihr Mindesthaltbarkeitsdatum. „Nächstes Wochenende! Wir holen das nach!“
Aber auch dann regnete es und ich haute die Würstchen in die Pfanne, obwohl ich Würstchen aus der Pfanne nicht mag; ich mag Würstchen vom Grill.

„Tut mir leid“, sagte ich, stand aber bald erneut vorm Fleischregal.
„Diesmal wirklich“, flüsterte ich. „Versprochen!“
Die Würstchen flüsterten nicht zurück, aber die Frau neben mir schaute auf und mich eingehend an.
Ich wurde rot, griff nach der Packung mit dem „Reduziert“-Aufkleber drauf und eilte zur Kasse. Nur noch zwei Tage haltbar. Vielleicht half das dem Wetter ja auf die Sprünge.
Es half.
Die Würstchen landeten auf dem Grill, ich schlang sie in Rekordzeit hinunter und kaufe seitdem nur noch reduziert. Das sieht zwar nach geizig aus, funktioniert aber prima: Reduziert vertreibt Regen.

Urschrei im Spaceship

Bei Lidl ist voll was los so früh am Morgen: draußen einer mit gleich drei Instrumenten, Gitarre, Rassel und so einer Art Trommel, und drinnen quer geparkte Wagen, verpeilte Alkoholkäufer und lange Schlangen an den Kassen.
Ich überlege grad, ob ich mich anstelle oder drauf hoffe, dass noch eine Kasse aufmacht, als es auf einmal gongt und blinkt und flötet, so eine sphärische Stimme vom Band: „Sehr geehrte Kunden …"
Was danach kommt, höre ich kaum, so überrascht bin ich vom Flöten, Gongen und Blinken auf den neuen Schildern über den Kassen, aber dann höre ich es doch: „Wir öffnen Kasse vier für Sie."
Nur ist es zu spät, denn andere waren nicht so erstaunt wie ich über diese neue Stimme vom Band und haben sich zackig angestellt.
Macht nichts, denke ich. Ich bin da nicht so; ich raste nicht aus, wenn ich mal eben kurz warten muss.
Wer anders aber anscheinend doch: Plötzlich schreit es, so ein Urschrei, so ein lauter, langes „Aaaah" und dann: „Scheiße! Ihr Arschlöcher!"
Ich schau mich um, aber ich sehe nicht, wo der Schreier ist. Es klingt wie weiter weg, und dann bin ich auf einmal schon dran, lege mein Frühstück aufs Band.
„Schönen Abend Ihnen noch", sagt der Kassierer, als ich bezahle.
Ich schau ihn an, perplex.

Er schaut zurück, schüttelt den Kopf, korrigiert, „Schönen Tag noch", während es plötzlich wieder röhrt, „Ihr Arschlöcher!", und gleichzeitig blinkt, in rot, über der Kasse nebenan, und dann flötet: „Kasse drei wird jetzt geschlossen. Bitte legen Sie keine Waren mehr aufs Band."
Ich bin froh, als ich draußen bin, aber es ist noch nicht vorbei, denn draußen steht der, der so röhrt: der mit den drei Instrumenten.
Jedes Mal, wenn wer vorbei geht an ihm, ohne ihm was zu spenden, legt er wieder los: „Ihr Arschlöcher! Aaaah!"
Bis zur Ecke hör ich ihn noch, eigentlich auch noch weiter: bis fast in meine Wohnung. Kurz frage ich mich, ob ich die überhaupt verlassen hab oder nur geträumt. Könnte ja sein, so früh am Morgen.

Mitten beim Sex

Heute ist heiß. So heiß, dass ich nichts tu außer rumliegen, zu Haus, und den Katzen beim Schmatzen zuhören, den Katzen beim Schnurren, den Mücken beim Surren, den Katzen beim Jagen der surrenden Mücken, dann wieder den Katzen beim Schmatzen ... Richtig super ist das, so faul zu sein.

Aber jetzt stehe ich doch mal auf. Das Katzenschmatzen ist schuld – ich will auch was schmatzen, zum Beispiel den Pfirsich da. Richtig lecker sieht der aus, finde ich.

Nur als ich die Hand nach ihm ausstreck, fliegen auf einmal zwei Fruchtfliegen auf, und da sieht er schon weniger lecker aus. Bedeutend weniger lecker; ein richtiges Matschloch hat der Pfirsich schon in sich drin.

Verdammt, denk ich, und plötzlich bin ich gar nicht mehr faul, sondern tu, was die Katzen grad mit den Mücken gemacht haben: jagen. Weil so sind Katzen nun mal: voll inspirierend.

Ich jage jetzt auch!

Und zwar diese fiesen, Pfirsich-mampfenden Fliegen!

Da sitzt schon die eine, und da die zweite: im Anflug, auf die erste zu. Jetzt sitzen sie beide, und das macht mich richtig doll fies-froh: Beide auf einmal kann ich totschlagen, als Rache für den angefressenen Pfirsich, jawoll!

Mitten im Schlagen merke ich was: Die Fliegen sitzen nicht einfach nur rum; sie haben Sex.

Saßen rum, hatten Sex, genauer gesagt.

Weil so schnell hab ich das nicht geschnallt – die Fliegen

sind Matsch, und ich hab grad wen mitten beim Sex …! Schön ist das nicht.
Ich jedenfalls würde ich das nicht wollen, dass mich jemand mitten beim … Oder doch? Wär das nicht ein super Tod? So als Klischee jedenfalls?
Da muss ich jetzt nachdenken drüber. Am besten im Liegen, mit Katzenschnurren im Ohr, ganz faul.
Und dann liege ich wieder, denke drüber nach: schneller Tod, kleiner Tod, Fliegentod, während die Sonne noch immer voll runterbretzelt auf mich.

Idiotenpennernazi

„Pass doch auf, du Penner!“ So fängt mein Tag an.
Also, nicht ganz, vorher stehe ich auf und gehe los, runter zur S-Bahn, aber kaum bin ich da, schimpft mich wer an. Dabei tu ich nichts außer rumstehen, aber offensichtlich jemandem im Weg. Dabei versuche ich, grade das nicht zu tun; ich bin eine von denen, die noch Platz machen, wenn eine S-Bahn einfährt und Leute aussteigen wollen. Offensichtlich ist das aber so was von out, dass keiner es mehr erwartet.
Der, der mich beschimpft, erwartet es auch nicht und drängt von der Tür scharf nach links, als wäre direkt vor ihm kein Platz. Ist aber – den hab ich ihm grad gemacht. Indem ich nach links bin und ihm jetzt im Weg stehe.
„Nur Penner hier!“, sagt er noch mal.
Ich seufze, steige ein.
Als ich wieder aussteige, ist zum Glück keiner draußen direkt vor der Tür und ich muss nicht überlegen, was ich jetzt mache: scharf nach links oder doch erwarten, dass die Leute mir Platz machen? Schon kompliziert, so eine einfache Handlung wie S-Bahn-Waggon verlassen.
Ich laufe rüber zur U-Bahn.
Vor mir laufen zwei Erwachsene mit Kindern. Die Kinder laufen nebeneinander, versperren den Weg. Ich dränge an ihnen vorbei, überhole sie.
„Guck mal, ein Idiot“, tönt es mir nach. „Überholt rechts.“
Oh je, denke ich, wenn das so weitergeht heute …
Es geht so weiter.

Als ich da ankomme, wo ich hinwill, sehe ich einen, der mir vage bekannt vorkommt. Ich lächle ihm zu. Er kriegt es nicht mit, dafür sein Kumpel.
„Was grinst'n so, Nazi-Birne?", fragt er.
Ich schaue mich um, wen er da fragt, aber er fragt wohl mich, denn ich bin die Einzige mit Glatze hier und die Einzige, die lächelt.
Ich schüttele den Kopf, Nazi-Birne, na klar, ist ja wie auf dem Dorf. Da hat meine Tante auch immer gedacht, ich wär ein Nazi, nur weil ich keine Haare und so.
Krass, denke ich und wünsche mir auf einmal Kopfhörer, mit ganz lauter Musik, von mir aus auch Schlager.

Bootcamp ganz faul

Ich stehe vor dem Kursraum und warte. Im Raum ist Yoga. Nur sieht es nicht aus wie Yoga, was die da machen – sie springen auf Hocker und wieder runter. Aber dann wiederum ist Yoga in Fitnessstudios öfters mal komisch; ich weiß das, ich hab das probiert. War nicht so der Hit, muss ich mal sagen, und hat mich auch ziemlich skeptisch gegenüber Kursen in Studios gemacht.
Aber heute steht „Rückenstretch“ auf dem Programm; da kann nicht viel schiefgehen. Im Gegenteil: Richtig gut wird das bestimmt – bisschen räkeln, bisschen strecken, alles ganz faul.
Nur ist keine_r ganz faul – kaum sind die Yogakursler raus, eilen die Rückenstretcher rein, hin zu den Trampolinen in der Ecke, ziehen sich eins raus und stellen es auf. Trampoline?, denke ich. Okay, kann ja sein – wenn die hier schon Yoga auf Hockern machen ...
Trotzdem bin ich irritiert, schaue mich um. Und da sehe ich es dann: das Stück Papier an der Wand, der Kursplan ausgedruckt. So ausgedruckt ist der viel übersichtlicher als online, und weil er das ist, fällt es mir sofort auf: Heut ist gar nicht Rückenstretch-Tag! Und das Yoga war auch kein Yoga, sondern Bauch-Beine-Po.
Das beruhigt mich ein bisschen, dass Yoga nicht noch komischer geworden ist, als es damals schon war, als ich es probierte. Aber so richtig begeistert bin ich nicht. Ich wollte doch faul sein jetzt!

Egal, denke ich. Jetzt bin ich hier, und öfters Sport machen wollte ich doch auch.
Also springe ich, 45 Minuten am Stück auf und ab. Etwas langweilig finde ich das aber schon, muss ich mal sagen – bis ich mich an den Kursplan erinnere. Und wenn ich da erneut die Tage vertausche, dann mach ich grad nicht „Jumping“, sondern „Bodystyling – Be Sexy“.
Oder „Bootcamp“ vielleicht?
Das wollte ich schon immer mal machen – hiermit erledigt, ganz nebenbei und somit doch irgendwie faul.

Meditatives Piepsen

Ich sitze in der S-Bahn und schaue aus dem Fenster. Neben mir sitzt einer und schaut auf sein Handy. Keinen Augenblick lässt er das Ding aus den Augen.
Ich verstehe das nicht, ich finde die echte Welt spannender, aber na ja. Soll er. Ich schau weiter aus dem Fenster, der neben mir auf sein Handy; wir fahren so einträchtig nebeneinander, als mir plötzlich auffällt, dass der neben mir piept. Also, jetzt nicht persönlich und so, von wegen Vogel haben; es piept eher aus Richtung seiner Hände, da, wo das Handy ist.
Das Handy piept.
Einen Moment bin ich erschrocken, denk an Bombe und so. Denk ich sonst nie, aber wir sind grad im Hauptbahnhof und wenn man da aus dem Fenster guckt, liest man ganz groß „Bombardier“, in meterhohen Buchstaben quer auf die Überdachung des Bahnsteigs geschrieben. Klingt wie eine Aufforderung, ist aber Werbung; bisschen unglücklich, finde ich.
Fehlt bloß noch, dass sie jetzt durchsagen, man soll auf Koffer aufpassen, besonders auf fremde, aber das tun sie nicht, und sowieso: Der mit dem Handy hat nur sein Handy.
Und das explodiert auch nicht, sondern piepst einfach weiter. Und weil es so piepst, find ich es jetzt doch spannend, spannender als den Bahnsteig da draußen, die Leute, die Welt.
Ich beuge mich rüber und gucke.

Der mit dem Handy merkt das nicht; er ist weiter in sein Piepsen vertieft und ich plötzlich auch. Ist schon faszinierend, finde ich: auf dem Display nichts als ein Stadtplan und darauf ein Punkt, der sich bewegt. Piepsend bewegt. Bei jedem Pieps ein Stück weiter.
Pieps, schon halb im Tiergarten. Ich schaue kurz hoch – Tiergarten, stimmt.
Pieps. Immer noch Tiergarten.
Pieps. Bisschen Spree.
Pieps. Großer Stern.
Einträchtig sitzen wir wieder nebeneinander, der mit dem Handy und ich. Wir schauen, er auf sein Handy und ich auf sein Handy und dann hoch auf die Welt.
Handy, pieps, Welt.
Bin schon lange nicht mehr so meditativ S-Bahn gefahren.

PS: 83

„Paket kommt heute“, steht auf dem Bildschirm.
Ich atme auf, denn die letzten fünf Tage stand da immer nur was von wegen Unstimmigkeit in der Empfängeradresse und dass mein Paket deswegen halt rumliegt, zwar schon in Berlin, aber eben im Verteilerzentrum statt bei mir.
Bei mir würde es auch nicht rumliegen; ich würde es aufreißen in der Sekunde, in der ich es kriege. Denn im Paket ist Katzenfutter und das alte ist alle und das Ersatzfutter wollen die Katzen nicht. So ganz und gar nicht. Sie fressen nicht, sie gehen nicht aufs Klo, sie meckern pausenlos, sie nehmen ab. Ein bisschen abnehmen sollten sie auch, finde ich, aber so richtig gut ist das alles trotzdem nicht.
Aber jetzt kommt das Paket ja.
Nur: „Zwischen 13 und 14 Uhr“. Und da hab ich Feldenkrais und da muss ich auch hin, ganz unbedingt, denn ich hab wegen dem ganzen Paket-und-Futter-Stress schon voll schlechte Laune. Und Feldenkrais macht schlechte Laune zu guter, bei mir jedenfalls.
Also klappe ich den Laptop zu, gleich nach dem Kurs dann wieder auf.
„Paket zugestellt“, lese ich. „Bei: Juschka“.
Ich stutze. Bei mir? Können die Katzen jetzt schon Türsummer drücken, Schlüssel drehen? Würde mich nicht wundern, in Notfällen schaffen ja auch Menschen unglaubliche Dinge.
Aber dann sehe ich ein PS gleich hinter meinem Namen: „PS: 83“.

Ein Postskriptum für mich, ein Rätsel vom Boten!
Also rätsle ich, „PS“ ist „Paketshop“, nur was soll das „83“? Nummer des Shops?
Eine Hausnummer ist es, finde ich schließlich raus, und die Straße für die Nummer gleich mit. Ich glaub, Feldenkrais macht nicht nur voll gute Laune, sondern auch clever.
Und dann radele ich los, vom Kurs zu PS 83, dann mit dem Paket nach Hause, damit auch die Katzen wieder gute Laune haben. Vom Futter, denn zu Feldenkrais dürfen die nicht mit. Schade eigentlich.

Fremdsprache Besteck

Ich sitze im Restaurant. Ganz langsam esse ich, trinke zwischendurch Tee, ganz faul, lege Messer ab, Gabel ab, lehne mich im Stuhl zurück, kippele ein bisschen, greife noch mal nach dem Tee, aber immer noch nicht wieder nach dem Besteck.

Dafür greift der Kellner. Plötzlich steht er neben mir, streckt die Hand nach meinem Teller aus.

„Fertig?“, fragt er, und auf einmal kann ich gar nicht mehr faul sein: Ich muss mich vorbeugen, den Stuhl zurück an den Tisch kippeln, mich mit ihm mit und ebenfalls greifen, nur schneller als er, dabei „Nein!“ sagen, „Nicht!“

Ganz schön anstrengend ist das.

Der Kellner tritt zurück, schaut mich an, irgendwie strafend.

Und dann greift er plötzlich noch mal, nicht nach dem Essen, aber doch nach meinem Besteck, verschiebt es, arrangiert neu, mit mehr Platz dazwischen: Gabel zum unteren Rand des Tellers, Messer zum oberen.

Und dann dreht er sich um und geht.

Ich schau ihm nach, verblüfft, und eine ganze Weile lang rühr ich mein Besteck nicht an. Dass er das einfach so rumbewegt hat, finde ich blöd. Voll blöd eigentlich, und jetzt will ich strafend gucken.

Nur meidet der Kellner meinen Blick.

Ich glaube, es ihm peinlich, sein spontanes, strafend-belehrendes Greifen.

Richtig so, denke ich, sollte es auch!

Und dann denke ich, ob es mir peinlich sein sollte, nicht zu wissen, wie ich Besteck abzulegen hab um zu signalisieren „Kann weg“ oder eben „Nee, ich brauch noch ’ne Weile“.
Aber es ist mir nicht peinlich; nur anstrengend ist es auf einmal, hier weiter zu essen, so wie ich Gabel und Messer jetzt hüte, beides auch beim Teetrinken lieber in der Hand behalte, beim Zurücklehnen, beim Kippeln, bei Allem.
Vielleicht sollte ich doch mal Besteckssprache lernen? Vielleicht.
Aber dann doch eher aus einem Buch oder so statt von einem spontan strafenden Kellner, finde ich.

Vom Ämtern, Regeln und dem ganzen Rest

„Als ich grad auch noch das 10.000-Euro-Auto ankreuze, obwohl ich keinen Führerschein hab, kommt mein Berater."

Angst vor der C-Zone

Ich fahre bald in den Urlaub – und ich habe Angst davor. Nicht vor dem Urlaub, der wird bestimmt schön; ich hab Angst vor dem Verlassen der Stadt. Ich brauche da nur kurz dran zu denken und schon wird mir mulmig. Ich verlasse Berlin! Schöne Scheiße.
Was ist, wenn ich plötzlich krank werde, zur Ärztin/ Arzt muss, außerhalb Berlins? Was ist, wenn mein Geld alle ist, außerhalb Berlins? Werde ich mich trauen, zum Geldautomaten zu gehen, meine Karte da rein zu stecken, Nummern zu tippen, Geld abzuheben?
Ich weiß nicht. Dann steht das nämlich so auf dem Kontoauszug – schwarz auf weiß, blau auf weiß, rot auf weiß – egal, da steht's: Geld abgehoben außerhalb Berlins! Nee du, so was mache ich nicht. So was darf ich nämlich nicht. Eigentlich muss ich sagen: So was durfte ich nicht. Vergangenheitsform.
Jetzt darf ich das doch, jetzt bin ich groß und selbständig, also darf ich das jetzt.
Ich darf das jetzt. Ich darf das jetzt; ich sag's mir immer wieder vor, weil so richtig hab ich es noch nicht kapiert, denn früher mal durfte ich eben nicht, und das prägt.
Früher mal war ich Hartz IV, und als Hartz IV durfte ich die Stadt nicht verlassen, einfach so. Früher mal war ich Hartz IV, und als Hartz IV musste ich Kontoauszüge vorlegen, auch einfach so.
Jahre ist es her, aber trotzdem: Mein Herz wummert laut. Ich stehe an der Sparkasse, in Henningsdorf, Berlin Zone C.

Zone C ist doch schon außerhalb, denke ich beim Tippen der PIN. Das ist sogar schon Brandenburg! Darf ich das? Ich darf!

Ich entnehme die Karte, ich entnehme das Geld, na bitte, geht doch.

Und dann schleiche ich mich raus.

Und weil ich so schleiche, beschließe ich: Das muss ich üben.

Ich schaue auf den Plan, Berlin Zone C – Teltow und Mahlow vielleicht? Die sind schon gut Richtung Süden, ich fahr gleich mal hin.

„Das wird schon“, sage ich mir, das mit der Angst vor dem Urlaub. Ich fange einfach an in Berlin Zone C.

Schnelles Amt

Ich begleite eine Bekannte zum Amt, Jobcenter. Zuzahlung will sie beantragen, zu ihren Einnahmen aus Selbstständigkeit, denn die Einnahmen sind grad nicht so doll. Das erklären wir der Dame dann auch, zu der wir gerufen werden. Und wir erklären nicht nur; wir legen auch alle Papiere vor, die man so braucht. Bis ins kleinste Detail haben wir die zusammengesucht, geordnet, kopiert.
Aber etwas fehlt doch.
„Ihren Steuerbescheid!"
„Ist dabei", sagt meine Bekannte und zieht ihn raus.
Die Dame schüttelt den Kopf. „Den neuen bitte. Von letztem Jahr."
„Ja, aber", sagt meine Bekannte.
„Letztes Jahr, nicht vorletztes. Haben Sie den nicht?"
„Nee", sagt meine Bekannte, und das kann ich verstehen. Ist schließlich grad mal die erste Januarwoche; da sind beim Finanzamt noch nicht mal die Vorlagen für die Erklärung zu haben.
Meine Bekannte schaut hilfesuchend zu mir, aber ich kann ihr nicht helfen; ich hab einen Flashback ganz plötzlich: zu dem einen Mal Einreise in die USA, wo mich auch wer vom Amt was gefragt hat, was ich akustisch verstand, aber sonst null.
„Got any fu?", wollte der Zollbeamte da wissen. „Fu! Fu! Got any fu?"
Ich überlegte: Fu? Fu? Kung Fu vielleicht? Vielleicht will er ja wissen, ob ich heimlich Superman bin. Oder

Kampfsport betreibe; vielleicht war das ja auch verboten mittlerweile und ich hab es nur noch nicht mitgekriegt.
Es war kein Kampfsport damals, kein Superman; es war einfach Food, Essen, ohne das „D“ am Ende gesprochen.
Aber bevor ich das schnallte, guckte ich garantiert so wie jetzt.
„Häh?“, frage ich die Dame vom Amt.
„Der Steuerbescheid“, sagt sie noch mal.
„Oh je“, denke ich, und es ist harte Arbeit, ihr zu erklären, dass wir den wirklich nicht schon haben können.
Meine Bekannte schwitzt ganz schön, als wir den Raum verlassen.
„Weißte was?“, frage ich sie und muntere sie auf. „Mir ist da was eingefallen. War fast noch schlimmer. Got any fu?“

Einfach zu alt

„Wie alt ist der Koffer?", fragt die Frau am Schalter.
„So sieben Jahre vielleicht?" Vielleicht auch noch älter, denke ich, aber das sag ich mal lieber nicht. Denn ich will Geld für ihn, Reparatur, Schadenersatz.
Der Koffer kam kaputt aus dem Flugzeug und deswegen stehe ich jetzt hier.
„Gut." Sie gibt mir einen Adressaufkleber. „Da schicken Sie den mal hin und die melden sich dann."
Ich nicke, schleppe den kaputten Koffer nach Hause und am nächsten Tag zur Post. Es dauert eine Weile, bis sich der Kofferservice wirklich meldet, aber er tut es.
Ganz enthusiastisch klingt die Dame am Telefon. „Wir haben Ihren Koffer!"
Dann auf einmal wird sie ernst, so ernst, als hätte sie mir eine Todesmeldung zu machen. Hat sie auch.
„Nur können wir den leider nicht reparieren. Und Schadenersatz gibt's auch nicht, weil der älter als sechs Jahre ist."
„Ach", sage ich.
„Ja", sagt sie.
„Und jetzt?"
„Jetzt schicken wir Ihnen den wieder zurück."
„Aber er ist doch kaputt!"
„Und wir können ihn leider nicht reparieren."
„Das haben Sie schon gesagt."
„Aber behalten dürfen wir ihn auch nicht."
„Ach."

„Ja."
Wir schweigen uns an. Ich denke über sieben Jahre nach; worüber die Dame nachdenkt, weiß ich nicht.
Schließlich legen wir auf, und ich kriege Post von der Post: Da wäre ein Koffer für mich, in der Filiale.
Ich überlege, ihn da zu lassen, bis er zurückgeschickt wird. Weil ist ja kaputt. Dann schicken die ihn wieder zu mir, ich hole erneut nicht ab, wieder zurück, wieder zu mir … Mal sehen, wer länger durchhält.
Aber dann hole ich ihn doch, trage ihn nach Hause hoch in meine Wohnung, auch wenn er kaputt ist. Aber direkt von der Post in den Müll – nee, das kann ich nicht.
Und dann stehen wir da, der Koffer und ich.
„Tja, mein Freund", sage ich schließlich und trage ihn wieder runter. „Du bist einfach zu alt. Tut mir leid."

Das 10.000-Euro-Auto

Mein Bankberater will mich sehen. Ich halte das für keine gute Idee, aber er sieht das anders. Gleich schriftlich fordert er mich auf: Anrufen soll ich, einen Termin ausmachen mit ihm, sofort. Thema: mein Dispokredit.

Oh je, denke ich, und greife zum Hörer. „Ich ruf an, weil ... ja, weil ... weil Sie haben mir geschrieben."

„Aha", sagt der Herr am anderen Ende. Ich höre ihn rumklicken auf seinem Computer. „Ihr Dispokredit", sagt er dann.

„Weiß ich." Ich seufze. „Und jetzt?"

„Und jetzt brauchen Sie einen Termin, in Ihrer Filiale." Er tippt wieder rum. „Diesen Freitag ist da was frei. Passt Ihnen das?"

„Bisschen schnell", sage ich, aber dann atme ich ein Mal tief durch und sage ganz tapfer: „Ja."

Am Freitag dann stehe ich da in meiner Filiale, und während ich warte auf meinen Termin, muss ich einen Zettel ausfüllen. Immobilienwunsch? Klar doch, kreuze ich an. Altersvorsorge? Wär super, schreibe ich. Traumurlaub? Als ich grad auch noch das 10.000-Euro-Auto ankreuze, obwohl ich keinen Führerschein hab, kommt mein Berater.

„Kaffee?", fragt er, so freundlich, dass ich mich wundere. Aber als er dann nachschiebt: „Was kann ich für Sie tun?", ist alles klar. Keine Ahnung hat er, warum ich hier bin.

Kurz überlege ich, ihm zu erzählen, mein Immobilienwunsch sei plötzlich ganz dringend geworden und Altersvorsorge erst recht, aber dann rücke ich doch damit raus.

„Mein Dispo. Ich sollte ’nen Termin machen deswegen.“
„Ach“, sagt er und guckt ganz enttäuscht, und ich fühle mich voll schuldig auf einmal.
Der Arme, denke ich, null verdient er an mir. Er braucht etwas Hoffnung.
Ich überlege ganz schnell, und dann hab ich’s.
„Erst Dispo“, sage ich und tippe auf den Zettel, den mit den vielen Kreuzen, wahllos, ohne hinzusehen, „dann das.“
Ich sehe seine Augen leuchten und schaue nach unten: Das 10.000-Euro-Auto habe ich gewählt.
„Genau!“, bekräftige ich. „Ich komm wieder zu Ihnen, wenn’s so weit ist. Versprochen!“

Peinliche Quittungen

„Kannst du das von der Steuer absetzen?" Mein Berlin-Besuch hält mir eine Quittung hin. „Hab ich am Bahnhof gekauft. 'ne Zeitschrift."

„Klar", sage ich. „Fachliteratur."

„Sudoku?"

„Oh." Ich überlege. Bisschen schwierig. Aber geht schon: Recherche. „Ich pack einfach wen rein in mein Buch, der gern Sudoku spielt."

„Meinste, das geht?"

„Klar. Meinst du nicht?"

Sie schaut mich zweifelnd an, aber ich hab plötzlich Blut geleckt. Ich ziehe mein Portmonee raus, kram es durch. „Da", sage ich. „Plastiktüte, zwanzig Cent. Mordwaffe! Auch Recherche."

„Ich dachte, das wird kein Krimi."

„Wird es auch nicht. Aber es gibt da 'ne Stelle, wo einer echt wütend ist. Und da überlegt er vielleicht …"

„Mensch, Joey!", sagt meine Bekannte.

„Nicht?", frage ich.

„Nee", sagt sie. „Muss schon echt was zu tun haben mit deinem Buch."

„Oh", sage ich, und dann überlege ich, was wirklich, wirklich was zu tun hat mit meinem Buch. Was Teures am besten, damit es sich lohnt, nicht so läppische zwanzig Cent. „Ein Dildo!"

„Ein was?"

„Weißt schon", sage ich.

„Ja, klar“, sagt meine Bekannte. „Aber …“
„Was aber?“
„Ist dir das nicht peinlich?“
„Was ist daran peinlich?“
„Na, wenn der beim Finanzamt das dann liest …“
„Was soll dann sein?“, frage ich und denke an den Business-Antrag, den ich vor zehn Jahren oder so glatt durchgekriegt hab beim Amt: Schon damals Dildo; Texte und Show, und damit erfolgreich in die Selbständigkeit.
Hat zwar nicht ganz so geklappt, aber peinlich war mir der Antrag beim Schreiben und Durchsprechen mit dem Bearbeiter nicht. Im Gegenteil: Super fand ich das Ganze, und vor grad mal ein paar Tagen, als ich das alte Zeugs entdeckt hab beim Aufräumen, erst recht.
„Komm“, sage ich zu meiner Bekannten. „Wir gehen jetzt zu mir und lesen voll peinliche Sachen. Ich spendier dir auch den Fahrschein; den setz ich dann ab.“

Tasterzwang

Ich stehe vor einer Tür und kriege sie nicht auf. Dabei hab ich die sonst immer aufgekriegt, Öffnungszeit ist noch bis sieben und jetzt ist grad mal sechs. Eine Stunde lang sollte die Tür sich also noch rühren.

Nur tut sie das nicht. Kann sie auch nicht, denn an ihr ist jetzt keine Klinke mehr.

Krass, denke ich. Wo ist die hin?

So richtig interessiert mich das aber dann doch nicht, wo die Klinke hin ist; mich interessiert viel mehr, wie ich die Tür jetzt ohne sie aufkriege.

Ich schaue die Stelle an, wo die Klinke mal war, schau noch mal zum Schild mit den Öffnungszeiten, auf meine Uhr, bis ich es dann endlich sehe: „Bitte Taster benutzen!“, aufs Glas der Tür geschrieben.

Taster, ach nö, denk ich. Ich will Türen nicht elektrisch aufschwingen lassen; ich will die schieben, ziehen, von Hand bewegen, da bin ich eigen. Und das spart auch voll Strom, so dass ich mich jedes Mal gut fühle, wenn ich von Hand schiebe oder ziehe – schon wieder was für die Umwelt getan! Aber hier? Nix Umwelt, so sehr ich auch noch mal probiere, drücke und presse, Hand, Arm, Schulter; Ganzkörpereinsatz.

„Taster nutzen!“, kommt plötzlich eine Stimme von hinten. „Oder kannste nicht lesen?“

„Doch“, sage ich.

„Wär ja auch blöd, wenn nicht. Wenn du doch zur Bibliothek willst! Ha-ha!“

Der hinter mir drückt auf den Taster, und ich denke: Ist das der Grund für die fehlende Klinke? Eine Art Vorsortiertest? Wer „Bitte Taster nutzen!“ nicht lesen kann, muss gar nicht erst weiter gehen, weil eben Bibliothek hinter der Tür, voller Bücher und so?
Nur: Sind Bibliotheken nicht eigentlich auch als Leseförderung gedacht?
Egal, denke ich, auch wenn es überhaupt nicht egal ist, dass die, die nicht lesen können, so auch nicht lesen lernen werden können, zumindest nicht hier. Aber jetzt ist die Tür endlich mal auf, und das ist ja auch etwas wert.

Arbeitsteilung

Das Zeitgefühl meines Hausmeisters ist exzellent. Immer dann, wenn ich mich jetzt aber echt mal beschweren will, taucht er auf und tut das, weswegen ich mich über ihn beschweren wollte. Meistens ist das Treppenputzen. Saubere Treppen sind jetzt nicht so superwichtig, aber öfters als alle zwei Monate sollte er schon mal ran, finde ich, besonders wenn ich ihn via Betriebskostenabrechnung für einmal die Woche bezahle.

Aber ich bin nett und kann das verstehen, wenn man lieber was anderes macht als Treppen putzen; ich mach ja auch lieber was anderes, hier sitzen und tippen, zum Beispiel, und lauschen, was der Hausmeister im Hof so tut.

Er telefoniert.

„Ja", sagt er gerade, so laut, dass ich es höre selbst mit Fenster zu. „Ja, mach ich. Keine Sorge." Er legt auf. Es klingelt. Er geht ran. „Ja", sagt er. „Weiß ich. Kümmere mich drum." Er legt auf. Es klingelt. Er geht ran. „Ja. Wird erledigt."

Seit einer Stunde geht das schon so. Ich will auch anrufen und mich dann doch mal beschweren wegen der Treppe, aber ist ja kein Durchkommen bei ihm.

Dann sag ich es ihm eben persönlich. Aber als ich aus der Tür unten trete, ist der Hausmeister weg.

Dafür lehnt ein Besen an der Wand. Ich schaue den Besen misstrauisch an. Bloß weil er da steht, heißt das nicht, dass er heute auch benutzt werden wird, das kenne ich schon. Ich kenne das vom Hausmeister, aber auch von mir, muss ich mal sagen. Seit drei Wochen schon liegen zwei Berge Quittungen bei mir bereit, bereit sortiert und eingeheftet zu werden. Drei Wochen – so lange wurde auch die Treppe nicht mehr geputzt. Da kann ich also nicht meckern. So richtig hat das eine mit dem anderen nichts zu tun, das ist schon klar, aber ich schließe trotzdem ein Abkommen, ein stilles, für mich: Wenn der die Treppe heute endlich mal putzt, beschließe ich, dann mach ich auch meine Quittungen. Versprochen!

Falsch angestellt

Schon wieder steh ich falsch. Ich kann machen, was ich will; irgendwie hab ich ein Händchen dafür: falsches Klo, falsche Umkleidekabine, falsch, falsch, falsch.
Heute stehe ich nur in der Post, aber selbst da kriege ich das mit der richtigen Wahl nicht so hin. Paketschalter, hab ich gedacht, steht groß dran, mit Extrapfeil: Abholen: Da! Aber nein.
Dass irgendwas komisch ist, merke ich, als die hinterm Schalter plötzlich die Frau vor mir anschnauzt.
Was sie da sagt, verstehe ich nicht; so laut hat sie nicht geschnauzt. Aber geschnauzt.
Als ich dran bin, schnauzt sie noch mal, kaum dass sie meinen Abholzettel sieht: „Das hier ist der Paketschalter!"
„Ja", sag ich. „Ist mir bewusst. Pakete abholen und so."
„Aber Ihrs ist kein Paket! Ihrs ist ein Brief!" Sie deutet auf die zweite Schlange im Raum. „Da müssen Sie hin!"
Sie pustet Luft aus, ganz laut, greift aber doch meinen Zettel ganz plötzlich, geht hinter und sucht, und ich steh so lange und wappne mich auf die Attacke bei ihrer Rückkehr, weil wenn man so schlechte Laune hat wie sie, muss man die schon auslassen an wem.
Doch als sie wiederkommt, guckt sie ganz friedlich; fast schon verschämt trägt sie meine Sendung im Arm, denn die ist groß und zwar so was von groß, dass sie glatt als Päckchen durchgeht, nicht nur als Brief.
Wortlos hält sie mir das Briefpäckchen hin.

„Danke“, sage ich und lächle sie an. „War ich doch richtig hier.“
Sie lächelt nicht zurück, und schon zweifle ich wieder. War ich das wirklich? Weil ist nicht ganz klar mit Briefen, die nicht aussehen wie welche, sowieso ganz allgemein mit Dingen und Menschen, die nicht sind, was sie scheinen.
Ich seufze.
Hinter mir seufzt es auch, ungeduldig; dann hüstelt es.
Ich nicke der Postfrau zu, zum Abschied, dann drehe ich mich um, mustere den Hüstler im Gehen, rätsele, ob er so ist wie ich: mit dringendem Briefabholbedarf, und das am Schalter für die Pakete. Falsch angestellt. Falsch, falsch, falsch, und dadurch doch genau richtig. Das würde mich freuen, irgendwie.

Jahresendabrechnung

Ein bisschen hab ich ja schon Angst vorm Ende des Jahres. Ich hab mir nämlich was vorgenommen: Nichts, aber auch gar nichts, das ich nicht mag, kommt mit ins nächste Jahr.

Und weil das eher unmöglich ist – ich denke an Katzenklo-Säubern und Steuererklärung – konzentriere ich mich auf das, was ich unter Kontrolle hab: Kühlschrank und mein Vorratsregal.

Letztes Jahr hat das prima geklappt.

War nur ein bisschen viel auf einmal, was ich da essen musste, ganz schnell, vor Mitternacht: Grünkohl im Glas, Bohnen in Soße und dann noch das Zeugs mit dem Zuckerguss. Das war das Schlimmste, aber ich hab's überlebt, und danach, als es weg war, hab ich mich super gefühlt.

Nur hatte letztes Jahr meine Freundin nicht schon zu mir geschleppt, was noch bei ihr gelagert war, von damals, als wir eine Wohnung teilten.

Krass, denke ich, und reihe das Zeugs vor mir auf, Bohnen und Linsen als Erstes, ordne nach Haltbarkeitsdatum: 2020, dann 2019, drei Mal 2018, und schließlich gar nicht mehr lesbar.

Doch Bohnen und Linsen halten sich ewig, da bin ich mir sicher, egal ob grün (2020), weiß (klein; 2019), weiß (groß, 2018), rot, rot (auch 2018) und schwarz (gar nicht mehr lesbar).

Nur wie koche ich die Teile?

Die Etiketten helfen nicht weiter, denn als ich die Verschluss-Klebebänder abreiße, reißt es die gleich mit. Fetzen davon sind nur noch zu lesen, z. B. „30 min".
30 Minuten was? Einweichen? Kochen? Anbraten in Butter?
Mir war so, als machte man das mit den Linsen, den grünen. Oder waren es die roten?
Ich grübele, grübele so lange, dass die 30 Minuten rum sind auf einmal.
Als Ausgleich beschließe ich: ab ins Wasser, zackig, alles zusammen, wird schon, bestimmt! Und dann rühr ich im Topf und freu mich ganz doll – nicht unbedingt auf den Inhalt, aber auf das nächste Jahr, so ganz ohne altes Zeugs.

Krasses Bio für zehn Euro

Irgendwas ist mit meiner Stimme passiert. Ganz tief ist die – so tief, dass ich mich erschrecke und den Mund gleich wieder zuklappe, als ich das erste Wort von dem gesagt habe, was ich sagen wollte. Viel war es ohnehin nicht: „Zehn Euro."

Aber dann klapp ich den Mund doch wieder auf, denn nur „Zehn" zu sagen, bringt zwar die Info rüber, um die es geht, aber so richtig nett ist es nicht.

Und die Dame hier hat schließlich voll nett gefragt, was die Bettwäsche kostet, die ich grad kaufen will.

„Euro", ergänze ich also und fühle erneut ungewohnt Bass im Brustkorb vibrieren. Voll auffällig ist das doch bestimmt!

Der Dame fällt nichts auf.

Aber sie ja auch keine Ahnung, wie meine Stimme sonst so klingt. Ich selbst könnt das jetzt auch nicht in Tonart und Dezibel sagen; ich weiß nur: anders.

Und auf einmal will ich sie noch mal hören, meine neue, tiefe Stimme.

„Baumwolle", sage ich.

Und dann ist kein Halten mehr – ich labere los, dass die Baumwolle Bio ist, wie das Muster mir so gefällt, wie Textilien doch aber wohl teurer sein müssten, und mitten im Labern lege ich mir wie zufällig die Hand auf den Brustkorb. Es vibriert voll krass.

„Krass!", rutscht mir raus.

Die Dame guckt irritiert, schüttelt den Kopf, und ich gehe nach Hause, wo ich ohne Irritation und Kopfschütteln voll krass Bass vibrieren lassen kann. Und aufnehmen kann ich da auch.

Gerade eben hab ich schon aufgenommen: die Feldenkrais-Stunde, in der wir was mit Brustkorb gemacht haben. Bestimmt deswegen vibriert es da jetzt so, sprech ich massiven Bass.

Ich hole das Mikro raus.

Nur dann weiß ich nicht, was ich sagen soll, ohne dass es wie Selbstgespräch klingt.

„Krass", sage ich probeweise.

Meine Katzen spitzen die Ohren. Hören sie zu? Bestimmt!

„Krass. Bass. Bio. Bettwäsche. Zehn Euro. Krass das alles, denkt ihr nicht auch?"

Diskutieren geht anders

Ich stehe an der Kasse und denke, ich hör nicht richtig.
„Die soll da weg", sagt der vor mir zur Kassiererin. „Machen Sie was."
Er deutet durchs Schaufenster auf die „strassenfeger"-Verkäuferin vor der Ladentür.
„Sie können ihr verbieten, da zu stehen. Das ist kein öffentliches Land, sondern Ihres, so direkt vor der Tür. Alles kriminelle Banden sind die!", setzt er hinzu.
Die Kassiererin nickt.
Ich nicke nicht, ich räuspere mich. Ganz höflich tu ich das, und ganz höflich spreche ich den Mann vor mir auch an.
„Woher, bitte sehr, wollen Sie das denn wissen?", frage ich ihn.
Sein Kopf fliegt zu mir rum; er mustert mich, so von oben nach unten. Dann schnaubt er. „Ich weiß das."
„Ja, und woher?"
„Das muss ich doch nicht sagen!", braust er auf.
Ich bleibe ruhig und immer noch höflich. „Dann muss ich Ihnen das auch nicht glauben", sage ich, „Kriminelle und Banden …"
„Mir scheißegal, ob du mir glaubst", unterbricht er mich und wendet sich ab, wieder der Kassiererin zu. „Tun Sie nun was?"
Die Kassiererin tut was: Sie verweist ihn an ihren Chef. Als ich meine Einkäufe bezahlt habe, steht er direkt an der Tür und schaut hinaus. Ich schaue auch.

Kriminell sieht sie nicht aus, die „strassenfeger“-Verkäuferin, sondern eher wie – tja, wie eben eine Obdachlosenzeitung-Verkäuferin. Einen ganzen Stapel hat sie im Arm. Und plötzlich werde ich wütend, und – ich geb’s zu – unhöflich, ein bisschen.
„Ich glaube, du spinnst“, sage ich zu dem, der die Frau da nicht vor dem Laden haben will.
Er fährt zu mir herum. „Woll’n wir mal?“, fragt er mich und schüttelt seine Fäuste vor meinem Gesicht. „Können wir gerne diskutieren!“
Diskutieren, aha. Diskutieren geht anders, denke ich.
Und weil es das tut, der Typ das aber anscheinend nicht weiß, sag ich „Nö“ und gehe. Nach draußen, zu der Verkäuferin. Eins fünfzig kostet ’ne Zeitung.

Zauberwort

Meine Freundin ist dreißig Minuten zu spät. Aber sie kennt das Zauberwort und ich bin ihr nicht böse. Im Gegenteil: Dreißig Minuten Bibliothek!

„Sorry", schreibt sie per SMS, „bin spät" – da bin ich noch sauer – und dann aber: „An der Ecke sollte 'ne Bibliothek sein. Warte doch da. Okay?"

Und wie okay! Ich warte gern in der Bibliothek, auch wenn die Bibliothek ein Buchladen ist, also kaufen statt leihen, aber Inhalt derselbe.

Oder fast: Viel neuer sind die Bücher hier; man muss gar nicht monatelang warten, dass die aktuellen Hits und so zur Verfügung stehen. Super ist das.

„Super", tipp ich zurück.

Das heißt, ich will es tippen, aber ich komm nicht dazu. Die Bücher vor meiner Nase sind viel interessanter – endlich mal wieder lesen statt selber schreiben, auch wenn's nur eine SMS ist. Meine Freundin wird das verstehen; sie findet mich schon.

Weil: Bibliothek! Buchladen! Zauberwort.

Wird Zeit, dass ich auch mal ein Buch rausnehme aus den Regalen.

Fünfzehn Minuten sind plötzlich schon rum und ich hab bis jetzt nur gestanden, den Kopf geneigt, immer nach links, weil deutsche Bücher, dann nach rechts, weil englische Bücher. Die Buchrücken sind verschieden herum bedruckt. Das fasziniert mich und ich will's wissen: Liest

sich ein Titel anders, wenn man den Kopf zum Lesen des Titels andersrum neigen muss?
Ich zieh ein Buch raus aus dem Regal, schieb es andersrum wieder rein, lese den Titel noch mal. Tatsache! So mit dem Kopf auf die entgegengesetzte Seite gekippt …
Bevor ich mich versehe, sind wieder fünfzehn Minuten vorbei und ich hab immer noch kein Buch angelesen, sondern nur ziemlich viele falsch herum ins Regal gestellt.
Ich ziehe mein Handy raus.
„Kannst du auch noch mal dreißig Minuten zu spät kommen?", schreibe ich an meine Freundin. Sie wird es verstehen.

KONKURSBUCH.DE

Impressum

PF 1621, D – 72006 Tübingen, Telefon: 0049 (0) 7071 66551
0049 (0) 172 7233958, gehrke@konkursbuch.com,

Gerne schicken wir Ihnen auch unser gedrucktes Gesamtverzeichnis.

ISBN: 978-3-88769-976-5. Erscheint auch als E-Book
Folgeband „Schlimme Sachen mit Decken" ISBN 978-3-88769-977-2
Beide Bände „Berliner Szenen" zusammen : ISBN 978-3-88769-978-9

SCHWULE
MÄDCHEN